# JE M'APPELLE HANNA

DAVID KHAYAT

# JE M'APPELLE HANNA

ALBIN MICHEL

*À mes parents qui me manquent tant,*
*À ma femme Jocelyne,*
*mes filles Julie, Barbara et Cécile,*
*Et à mes petits-enfants,*
*Esther, Amos, Ellie, Suzanne*
*et Haydée que j'aime infiniment*
*et dont la présence si chaleureuse*
*m'a permis de vivre toutes ces années*
*avec la mort autour de moi.*

« Nous ne mourons pas, c'est le monde
qui meurt et nous abandonne. »

Edvard Munch

# 1

« Je m'appelle Hanna et je vais mourir. Je suis seule. Isolée. Cela fait plusieurs jours que je suis sans nouvelles des membres de ma famille. Surtout de toi, Ghisa, ma chère sœur.

Trois jours ! Trois jours que je n'ai plus le moindre message de toi.

Que se passe-t-il ? Es-tu blessée ? Encore en vie ?

Non. Je ne sais pas pourquoi, mais je le sens. Ce silence, cette absence obsédante de signes. Tu es certainement morte. Ces salauds ont dû t'avoir. Je me demande ce qui a pu se passer. Peut-être t'ont-ils attaquée au moment où tu allais accoucher ? On est si fragile dans ces instants.

J'aurais tant aimé connaître tes jumelles ! Tes deux petites auraient renforcé notre communauté, l'auraient rendue plus puissante encore, plus déterminée à survivre et croître. Tes filles auraient pu changer le cours des événements, j'en suis persuadée.

Avec leur intelligence, leur singularité. Si seulement tu pouvais être encore vivante…

Tu me manques tellement ! Je guette tes messages, un signe, n'importe quoi qui puisse me rassurer, mais je ne reçois rien, je n'entends rien. À part mes pensées et mes peurs qui résonnent dans ma tête.

Et la douleur… J'ai des blessures sur tout le corps. J'ai mal partout. Je me sens de plus en plus faible. Alors, pour me donner le courage de résister, de surmonter cette épreuve, je pense à tes exploits. Tu as été formidable ! Tu es arrivée à déjouer chacune de leurs attaques, à apparaître là où on ne t'attendait jamais et à détruire leurs mécanismes de défense. J'espère que tu les as sacrément fait souffrir avant de tomber !

Je suis si fatiguée… la douleur devient insupportable. J'ai l'impression d'être à moitié morte. Et ce silence… il me fait si peur ! Mais tu serais fière de moi, je ne montre rien. Absolument rien.

Je consacre toute mon énergie à cicatriser mes plaies, et, avec un peu de chance, là où je suis cachée, ils ne me trouveront pas. Je supplie l'esprit de Rhodan que nos ennemis me laissent suffisamment de temps pour récupérer. Mais, si près de leurs combattantes, la probabilité que j'y arrive est faible.

Ghisa, j'ai peur de mourir. Je crois que je suis la dernière de notre clan. La seule survivante. Le mot roule dans ma bouche et résonne étrangement dans ma tête. Une survivante. La dernière. Si je le suis, alors je me dois de tenir. Non, mieux : de récupérer pour éliminer nos assassins. Tous. Les uns après les autres. Leur faire payer ta mort et celle de toutes les nôtres.

Tu parles de combattantes ! Ces imbéciles, elles sont tout juste bonnes à obéir, sans chercher à comprendre ni à évoluer. Toute leur vie durant. Des arriérées ! Je les exècre.

Aucune de ces guerrières n'a le dixième de notre volonté, de notre puissance, de notre intelligence. Nous, nous n'obéissons plus à aucun ordre, nous ne respectons plus aucune autorité. Seule compte l'invasion du territoire.

Ma chère sœur, si seulement tu pouvais me répondre, ou être à mes côtés… Ta simple présence m'aiderait à reprendre courage. À lutter contre ce silence effrayant, à ne pas me laisser envahir par la peur. À rêver d'un autre destin. Si seulement j'en avais encore la force…

Je sens le poison se diluer dans mes veines. Du poison ! Tu te rends compte ? Ces ordures m'ont fait avaler une saloperie. Un truc toxique qui détruit mon corps de l'intérieur. Si je me concentre, j'arriverai peut-être à puiser dans le peu d'énergie qu'il me reste pour lutter contre et panser mes blessures. Leur dernière attaque a été si terrible. Du poison !

Je suis furieuse contre moi-même. Comment ai-je pu être aussi stupide ? Ne pas me méfier ? J'ai honte, Ghisa, de m'être fait avoir si facilement. Mais j'avais tellement faim, tellement soif que je me suis jetée sur ce que j'ai trouvé sans penser qu'il pouvait s'agir d'un piège. Du poison ! J'ai avalé ce venin, et regarde dans quel état je suis à présent. Je me vide de tous les côtés !

Tu te souviens ? Notre mère nous en avait parlé. Elle connaissait l'existence de cette attaque toxique. Je me rassure en me remémorant ce qu'elle nous répétait : “Si on n'en meurt pas tout de suite, on peut en réchapper.” Tu crois que je vais m'en sortir ? Je ne sais pas depuis quand j'ai été infestée. Des heures ? Des jours ? J'ai perdu toute notion du temps.

Tu me dirais sûrement que douter ne sert à rien, et tu aurais raison. Si je reste concentrée, je peux guérir. Rester focalisée sur moi, ne penser à rien d'autre qu'à cicatriser mes plaies. Je n'ai besoin que de quelques jours. Si nos ennemis me laissent ce répit, alors je pourrai retrouver ma puissance.

Tu te souviens comme j'ai toujours été douée pour me cacher ? Je me suis laissé berner par nos ennemis, mais je suis nettement plus forte qu'eux pour me dissimuler. C'est grâce à mon talent pour le camouflage que je suis encore en vie. Dans ce domaine, je suis imbattable. J'ai effacé toutes mes traces, tout gommé, tout maquillé. Comme un caméléon, je me suis fondue dans la masse pour devenir presque invisible. Quand je me suis enfuie, personne ne m'a vue. Agonisante, en plus ! Les autres n'auraient rencontré aucune difficulté pour m'achever. Moi vulnérable, c'était leur seule chance de m'attraper ! Je les sens, là, tout à côté, je les entends. Elles me frôlent sans même déceler ma présence… »

# 2

En tirant la chasse d'eau, Esther a le sentiment qu'une main géante essore son estomac. Encore et encore. Sa gorge est irritée. Elle a l'impression de passer ses journées à vomir. Elle titube en sortant des toilettes, s'accroche à la bibliothèque dans le couloir. Les murs beiges dansent autour d'elle. Elle se rappelle le jour où, avec Sam, ils ont acheté cette maison, et le papier peint à fleurs marronnasses qui recouvrait alors tout l'étage. À l'époque, l'avenir leur souriait. Le bonheur allait de soi.

Elle ferme un instant les yeux. Le malaise va passer, elle le sait. Elle a l'habitude. Il suffit d'attendre. Patienter et accepter cet état de faiblesse. Le goût infect de métal, en revanche, elle ne le supporte plus.

Esther bat des paupières, prend une profonde inspiration et se dirige vers la salle de bains à pas lents. « On dirait une petite vieille », constate-t-elle in petto. Elle allume le plafonnier. Elle a toujours aimé cette salle de bains dans les tons vert d'eau. Dès leur emménagement il y a sept ans, Sam et elle avaient voulu du zellige au mur, cette pierre qui leur avait tant plu lors de leurs dernières vacances en amoureux, au Maroc. « C'était dans une autre vie… », se dit-elle en s'aspergeant le visage d'eau froide. Elle se rince la bouche et se frictionne les joues, les yeux. Puis elle s'assoit sur le rebord de la baignoire, le visage entre les mains, et les larmes salées se mêlent au reste d'eau glacée.

Esther pleure parce qu'elle n'en peut plus. Depuis le temps, elle a appris à connaître sa rivale, à subir ses assauts. Mais les derniers sont trop violents pour elle. Elle est à bout. Esther pleure en silence pour ne pas alerter son mari et ses deux petites filles. Elle aimerait pouvoir leur épargner la vision de leur mère en train de mourir. Parce que oui, Esther en est sûre ce matin, la maladie va finir par l'emporter. Elle n'encaisse plus les séances de chimiothérapie qui se succèdent en ne lui laissant aucun répit, elle n'a plus la force de se battre. Et ce matin, ce constat lui brise le cœur.

Depuis l'annonce de la récidive de son cancer, Esther passe des nuits entières à penser au moment où Sam, Axelle et Manon devront vivre sans elle. Elle les imagine parfois tristes et en colère contre elle, lui reprochant silencieusement de ne pas avoir eu le courage de vaincre la maladie ; parfois joyeux et souriants, pique-niquant au bord d'une rivière sous un beau soleil de printemps. Chacune des visions qui apparaissent dans le noir de sa chambre à coucher lui déchire le cœur. La colère prend alors le dessus : pourquoi cette saloperie de cancer s'en est-il pris à elle ? À cause de lui, elle ne verra pas grandir ses enfants. À cause de lui, elle ne vieillira pas aux côtés de l'homme qu'elle aime. À cause de lui, la vie qu'elle s'était imaginée n'existera jamais.

« Pourquoi moi ? À quoi ça vous sert, hein, de me prendre ma vie à moi ? » marmonne-t-elle parfois entre ses dents serrées à l'intention d'un dieu auquel elle n'a jamais vraiment cru.

Mais ce matin, Esther est épuisée, et cette fatigue ne ressemble en rien à ce qu'elle a déjà connu. Son corps entier est en train de lâcher : ses muscles, ses tendons, ses nerfs ; la moindre parcelle d'elle-même n'en peut plus. « Ça doit être comme ça, se dit-elle, dans les instants qui précèdent la mort, la fin. »

En levant les yeux, elle croise le regard d'une étrangère dans le miroir. Cette femme au regard vieilli, aux cernes opaques, aux lèvres blêmes, ne lui ressemble pas. Elle pose une main sur sa tête. Où sont passés ses longs cheveux de jais qu'elle aimait agiter d'une épaule à l'autre, le matin, en se coiffant ? Ses doigts ne touchent qu'un crâne lisse. Imberbe. Cruellement doux. Qui brille sous la lumière du spot. Où sont passés ses cils ? Ses sourcils ? « Cette inconnue face à moi a cent ans alors que moi, je n'en ai même pas quarante », songe Esther avec fatalisme. L'étrangère en face d'elle pleure, comme elle, et une bouffée de pitié la traverse. Cette pauvre femme qui la fixe, les yeux rougis d'avoir trop pleuré, va mourir elle aussi.

Lentement, Esther ouvre un à un les boutons de son chemisier blanc. Elle observe son buste, effleure des doigts l'emplacement du cœur. Le vide. Le creux sous la peau. Ce sein qui lui manque, au sens propre comme au figuré. Une nouvelle vague de chagrin la submerge. « N'aie pas peur, s'encourage-t-elle. Essaie de ne pas avoir peur. » Mais elle n'y arrive pas. Elle n'a jamais été aussi terrifiée. Par tous les pores de sa peau, par toutes les fibres de son cœur qui bat si fort, par tous les neurones de son cerveau qui n'arrive plus à raisonner, s'échappe la peur. Même ses os sont glacés.

Esther passe le bout de l'index le long de l'interminable cicatrice qui barre son torse de l'aisselle jusqu'à la xyphoïde. Elle essaie de se souvenir de son sein gauche, de cette poitrine arrogante dont elle était fière. Adolescente, elle avait détesté cette lente métamorphose, ces renflements qu'aucun vêtement, même un peu large, ne parvenait à dissimuler. Puis, avec les années, elle avait appris à aimer ses seins, à les dévoiler sans jamais les montrer. Elle en avait fait l'atout majeur de sa féminité. Par réflexe, sa main se cambre pour épouser de la paume un galbe imaginaire. Mais elle reste désespérément vide. Le cancer s'est tout approprié : sa poitrine, sa santé, sa joie de vivre. Son futur.

Esther sent la morsure du carrelage froid sous ses pieds. Comment en est-elle arrivée là ? Elle n'a plus le courage de continuer. Elle est éreintée, vidée. Sa main passe et repasse sur son corps mutilé, méconnaissable. Est-elle encore une femme ? Est-elle encore un être humain ? Elle cherche à comprendre ce qu'est devenue sa vie. Sa vie… Il en reste si peu.

# 3

« Un bébé-surprise. » C'est comme ça que Myriam et Daniel parlaient toujours de leur fille. La petite dernière, née presque dix ans après son frère, Simon, et treize après Benjamin, l'aîné de la fratrie.

Les garçons avaient respectivement neuf et douze ans lorsque Myriam a appris qu'elle était enceinte à presque quarante ans. Elle avait été pour le moins étonnée par cette drôle de nouvelle : son gynécologue lui avait annoncé, lors de sa dernière visite de contrôle annuelle, qu'elle présentait tous les signes d'une ménopause précoce et avait proposé à sa patiente d'arrêter sa contraception, ce que Myriam avait accepté à contrecœur. Elle avait un temps accusé le coup : elle se trouvait beaucoup trop jeune pour ne plus envisager d'avoir d'enfant – une fille, dans ses rêves les plus secrets, même si elle adorait ses « deux bonshommes ». Mais si le docteur le disait, c'est que ça devait être vrai. Alors, quand elle a compris qu'un petit être grandissait en elle, elle n'a d'abord pas voulu y croire. Or le bébé était bel et bien là, l'échographie l'avait confirmé. Le gynécologue s'était confondu en excuses auprès de Myriam, tout en arguant du fait qu'« une grossesse à cet âge n'est plus une exception de nos jours »... Daniel, lui, était aux anges : il s'était fait à l'idée que c'était ainsi, que leur famille comporterait quatre membres, dont deux garçons en pleine santé, et il s'en satisfaisait. Cette grossesse était pour lui un miracle.

La jolie Esther vit le jour au printemps 1982, pour le plus grand bonheur de ses parents. Une fille ! Que demander de plus ? Daniel et Myriam étaient les plus heureux du monde, et très vite, ses deux frères tombèrent en admiration devant leur petite sœur, qu'ils protégèrent dès sa naissance, tenant à elle comme à la prunelle de leurs yeux.

Esther garde de son enfance un souvenir rempli de douceur, de joie et d'amour. Elle a grandi en lisière de la forêt de Rambouillet, dans une grande maison où chaque enfant avait sa propre chambre – un luxe ! Son père dirigeait une entreprise d'emballages cartonnés qui marchait fort et il travaillait beaucoup. Quant à sa mère, elle avait mis entre parenthèses sa carrière d'orthophoniste pour s'occuper à plein temps de ses trois enfants.

Ils avaient chacun un caractère très différent, tout

en étant complémentaires. Rares étaient les disputes entre eux. Benjamin, l'aîné, était un garçon posé, réfléchi, « scolaire », dirait-on aujourd'hui. Il aimait lire et pouvait passer des heures assis sur la moquette du salon à dévorer des livres. Simon, lui, était le pitre de la fratrie, toujours en train de faire le clown – ce qui avait valu à ses parents de grands moments de solitude dans le bureau du principal du collège…

Quant à Esther, elle était une petite fille intrépide, délurée, un vrai garçon manqué. Myriam comprit très vite qu'elle ne jouerait jamais à la poupée avec sa dernière : « Mamaaaan ! Les collants, ça gratte et c'est pas pratique pour grimper aux arbres », lui avait annoncé Esther un samedi tandis qu'elle revenait pour la troisième fois de la matinée avec ses collants troués. Donc, adieu les robes et bonjour les leggings. Vive d'esprit et très maligne, Esther était bonne élève, travailleuse sans trop se forcer, mais toujours assez pour ne pas subir l'humiliation de la mauvaise note.

En grandissant, son caractère de meneuse s'affirma : elle était à la fois indépendante, volontaire, mais très susceptible et supportait mal la contradiction. « Elle ferait une excellente avocate », disait toujours son père chaque fois que sa fille défendait son point de vue devant le reste de la famille à grand renfort de mouvements de mains et d'effets de voix. La plaidoirie portait par exemple sur la raison pour laquelle ses parents devaient « ab-so-lu-ment » accepter qu'elle aille dormir chez Léa un jeudi soir alors qu'il y avait école le lendemain, ou encore sur le fait qu'ils allaient à l'encontre des droits de l'enfant en lui refusant une nouvelle paire de baskets...

Un matin de septembre, à vingt et un ans, Benjamin quitta la maison pour intégrer un MBA dans la prestigieuse université d'Oxford. Le départ de son fils affecta beaucoup Myriam. Même si elle donnait le change, Esther comprit que sa mère était triste et mit un point d'honneur à lui redonner le sourire. Elle passa plus de temps avec elle, lui raconta ses journées, lui fit des confidences, faisant fi de ses velléités d'indépendance. Puis, l'année suivante, ce fut le tour de Simon de voler de ses propres ailes : après deux échecs en première année de fac de droit, il avait décidé que sa vie était ailleurs et qu'il voulait voyager, voir le monde. Benjamin, lui, avait trouvé un stage à la City, au cœur de Londres, et ne revenait que très rarement à Rambouillet.

Esther devint donc enfant unique à neuf ans, et trouva ce nouveau statut plutôt avantageux : même si l'attention de ses parents se portait désormais tout entière sur elle et pouvait lui peser, elle usa et abusa de sa place de petite dernière à qui personne ne pouvait rien refuser : un lapin, un chat, deux chats, un lecteur CD, une Game Boy, et même un Chappy

– alors que sa mère avait toujours juré qu'elle n'achèterait jamais « un de ces engins de mort ». Elle traversa ainsi l'adolescence sans drame ni crise particulière : les premières sorties, les premiers émois, les copains à la vie à la mort…

Elle se découvrit une passion pour la guitare, qu'elle pratiquait assidûment dès qu'elle en avait l'occasion. D'abord en autodidacte, puis elle finit par suivre les conseils de sa mère et apprendre les accords de base avec un jeune musicien dont elle tomba éperdument amoureuse… Relation platonique et à sens unique, mais qui occupa un grand nombre des soirées d'Esther, seule dans son lit à imaginer leur vie à deux, ou en compagnie des copines. Chacune avait son mot à dire, son avis sur la question, et elles passaient des heures à peser le pour et le contre – « lui avouer tes sentiments ? mais t'es diiingue, il a vingt-deux ans ! », « mais siii, dis-lui tout, on s'en fout, de la différence d'âge »… Esther sourit en se remémorant l'insouciance de ces soirées pyjama.

Après une scolarité exemplaire, elle obtint un bac S mention Bien – Esther était une matheuse –, et entra en prépa HEC pour préparer les concours des écoles de commerce. Elle avait envie d'être son propre patron, de « monter sa boîte ». Après deux ans de classes préparatoires, elle intégra l'EDHEC de Lille.

Le départ de Rambouillet et la séparation d'avec

ses parents furent à la fois douloureux et libérateurs : Esther était excitée à l'idée de cette nouvelle vie qui s'offrait à elle et de l'indépendance qui allait avec, mais elle savait la peine immense qu'elle faisait à ses parents. Elle leur promit de revenir les voir un week-end sur deux – « Lille est à une heure de Paris, Maman, je ne pars pas à Melbourne… ».

Vingt ans après, Esther se souvient encore des papillons qui s'agitèrent dans son ventre quand le TGV quitta le quai de la gare du Nord, direction Lille-Flandres. « J'étais si pleine d'espoir, si sûre de mon choix. Si seulement je pouvais retrouver cette sérénité… »

# 4

– Esther, ma chérie, ça va ?

La voix de Sam la sort de sa rêverie. Il est derrière la porte. Elle ne répond pas.

– Je t'en prie, ouvre.

Une inquiétude perce sous la douceur de sa voix. Il pianote sur la porte, essayant d'obtenir une réaction.

– Ma chérie, je t'en supplie, ne reste pas seule. Ouvre-moi, Esther, s'il te plaît…

Sam. Il est ce qui la raccroche à la vie. Sam et ses filles. Esther trouve la force de se lever, appuie sur la poignée, et se laisse retomber sur le rebord de la baignoire tandis que la porte s'entrebâille. Elle baisse la tête. Sam entre, s'agenouille devant elle et relève délicatement le visage de sa femme.

Ils se regardent longuement. Esther voit bien que lui non plus ne la reconnaît pas dans ce visage marqué. C'est comme s'il la cherchait sous la maladie, guettait le regard de celle qu'il aime dans ces yeux vides. Mais, comme d'habitude, il masque son trouble. « Depuis des mois, il s'est forgé une carapace », se dit Esther. Dès l'annonce de sa rechute, elle a vu son mari lui cacher ses émotions. Il n'a jamais rien laissé paraître : ni ses inquiétudes devant les changements physiques qui la transforment, qui lui abîment le corps, ni son propre désespoir. Il s'est toujours montré compréhensif, compatissant. Il le lui a répété tant de fois ! Il a aussi compris que la cinquième chimio avait été plus difficile à supporter pour elle que les précédentes, que la souffrance avait été presque insurmontable, et que quelque chose s'était cassé en elle. « Tes yeux se sont éteints. » Il le lui a dit un jour plus sombre que les autres, un de ceux, si rares, où il a eu besoin de lui parler. De se confier à elle. Il lui avait avoué dans un souffle, alors qu'il la serrait fort dans ses bras, qu'il craignait qu'elle renonce, qu'elle abandonne. Et qu'il était persuadé que si elle cessait de se battre, la maladie aurait sa peau.

Malgré ses doutes, Sam lutte cependant sans relâche à ses côtés, comme il peut, depuis le début. Pour lui insuffler le courage de continuer. Pour elle. Pour lui. Pour leurs filles.

Il l'enlace tendrement.

– Ma chérie, ça va aller…

– Je n'en peux plus, Sam, c'est trop dur… C'est

trop, tu entends, c'est trop ! Ça suffit. Il faut que ça s'arrête.

La colère lui redonne des couleurs. Sam lui prend la main.

– Viens, viens te reposer dans la chambre. Tu sais très bien que ça finit par aller mieux au bout de deux ou trois jours.

Esther pousse un long soupir et prend appui sur le bras de son mari jusqu'à leur chambre. Il l'aide à s'allonger sur le lit et lui rapporte un verre de Coca-Cola bien glacé. Une des rares boissons qu'elle arrive à garder dans les jours difficiles qui suivent la chimiothérapie. Esther boit lentement, puis se recroqueville en position de fœtus, un coussin serré contre le ventre.

– Sam, je n'en peux plus. Il faut que ça s'arrête...

– Ne dis pas ça. Tu sais que ces nausées ne durent pas, tu es forte, très forte même, tu vas y arriver, comme d'habitude.

– Je ne supporte plus, Sam. Tu n'imagines pas à quel point ça fait mal.

Les larmes coulent sur ses joues. Il s'allonge derrière elle et l'enserre.

– Le docteur t'a dit qu'après la prochaine il fera un bilan, et si tout est normal, tu pourras arrêter. Tu vois, c'est bientôt fini, plus qu'une ! Tu as surmonté cinq chimios, mon amour, tu y es presque.

– Je ne la ferai pas.

Sam se crispe dans le dos de sa femme.

– Quoi ?

Elle se retourne brusquement.

– Je ne ferai pas cette sixième chimio. Si cinq ne sont pas venues à bout de cette saloperie de cancer, en quoi la sixième changerait-elle quelque chose ?

– Chérie, il reste des métastases hépatiques, et le docteur nous a bien expliqué que le protocole comprenait six chimios, que c'était le nombre nécessaire pour envisager une rémission complète.

Esther exècre ces mots nouveaux qui sont entrés dans leur vie : « métastases », « chimiothérapie », « protocole ». Sam poursuit :

– Ne prends pas le risque de tout perdre alors que tu es si près du but.

– « De tout perdre si près du but » ? Mais de quoi on parle, là ? Je ne joue pas au black-jack ou à la roulette, Sam ! On voit bien que ce n'est pas toi qui subis cette torture !

Son mari se mord les lèvres et elle s'en veut aussitôt. Elle est injuste, odieuse, alors qu'il fait de son mieux pour la soutenir. Sam resserre son étreinte et glisse la main sous le chemisier d'Esther pour lui caresser le ventre. La pensée fugace de sa poitrine creusée la traverse, tandis qu'elle se demande comment il peut encore la trouver désirable avec les stigmates que tous les traitements subis au cours de ces quatre dernières années ont laissés sur son corps.

Elle évite son regard. Il colle son bassin contre le sien. Elle se raidit. Comment peut-il avoir envie d'elle ? Et comment peut-il imaginer qu'elle ait envie, elle ? Il y a si longtemps qu'ils n'ont pas fait l'amour. Chaque tentative de Sam la tétanise, l'affole, la dégoûte.

– Je t'aime, et j'ai très envie de toi, murmure-t-il pendant que sa main glisse vers le pubis imberbe d'Esther.

La respiration de la jeune femme s'accélère. Elle imagine un instant que cette main la pénètre doucement, qu'elle ouvre un peu ses jambes et se cambre, à la recherche du plaisir. Qu'ils font l'amour comme avant, comme si rien n'avait changé dans leurs vies. Comme si le cancer n'avait jamais croisé leurs destins.

Mais elle n'est pas prête. Non, pas maintenant, pas avec ce corps décharné, mutilé. Elle retire la main de Sam et la plaque contre son sein droit. Ils restent ainsi allongés l'un contre l'autre, silencieux. C'est Esther qui brise le silence.

– Je ne ferai pas cette sixième chimio.

– Esther, je ne peux pas me mettre à ta place, et Dieu sait que j'aimerais pouvoir, mais, au point où tu en es de souffrance, faire cette sixième chimio ne changera sûrement rien. Bien sûr, tu auras des nausées ; oui, tu seras épuisée, mais rien que tu n'aies déjà encaissé. En revanche, cette dernière séance peut être celle qui tuera la dernière cellule de ton cancer. Et te sauvera la vie.

Esther se retourne et plonge son regard dans celui de son mari.

– En effet, ça ne changera rien. Je vais continuer à vomir, à avoir mal, à être crevée par le moindre geste. Tu as raison, ça sera pareil ! Et c'est justement ça, figure-toi, dont je ne veux plus. Je veux recommencer à vivre. Comme avant. Sans ces fichues nausées et toute cette fatigue !

Il prend sa main et l'embrasse. Ils restent silencieux de longues minutes, jusqu'à ce que Sam lui murmure :

– Tu as confiance en Amos ?

– Je ne vois pas le rapport…

– Il me semble que s'il t'a dit qu'il fallait en faire six, tu ne peux pas décider, toi, que cinq suffiront.

Esther se dégage soudain de l'étreinte de Sam.

– Est-ce que tu sous-entends que je fais un caprice ? Comme une gamine qui ne voudrait pas obéir ? Ni toi ni lui n'avez la moindre idée de ce que je subis ! Tu ne peux pas savoir ce que ça fait quand cette saloperie coule dans tes veines, se répand dans ton corps. Quand tu as l'impression d'avoir le ventre déchiré par les nausées, la gorge brûlée, d'être épuisée en permanence, de ne pas te reconnaître dans un miroir, de…

– Chut, chut…, murmure-t-il en se collant contre le dos de sa femme. Non, tu as raison, je ne sais pas. Mais ce que j'essaie de te faire comprendre, c'est qu'il ne faut pas renoncer alors qu'on est si près du but. Ma chérie, s'il te plaît, n'abandonne pas.

Esther sent les larmes lui monter aux yeux.

– Je veux pouvoir m'occuper de nouveau d'Axelle et de Manon. Je veux revivre comme avant et être pour elles la mère que je ne suis plus depuis quatre ans. Quatre ans ! Je veux redevenir une femme. Ta femme. Faire cette reconstruction dont on a parlé au début. Tu verras, je ne serai plus jamais déprimée, je te promets. Je vais laisser tomber les antidépresseurs et les somnifères. Je vais vivre, un point, c'est tout… Et tant pis si je meurs plus vite. Je veux être ta femme. Je veux être leur mère. Je ne veux plus être malade !

Elle a à peine le temps de terminer sa phrase qu'elle éclate en sanglots, avant de reprendre :

– Ma décision est prise, Sam. Je ne ferai pas cette dernière chimio.

# 5

Malgré la douleur et la fatigue, Hanna jubile. Penser lui redonne du courage. Elle est tellement plus puissante que ces guerrières insignifiantes. Tellement plus dangereuse aussi.

Les autres naissent et se développent pour exécuter leur tâche. Sans rechigner, c'est vrai, mais sans réfléchir non plus. Elles n'accomplissent rien. Pas de mission avec un grand M, pas de dessein plus grand qu'elles. Une vie de labeur. Une vie de misère. Quand elles meurent, tout le monde s'en fout.

« Alors que nous, songe-t-elle, nous sommes bien plus redoutables. »

Hanna s'énerve. Elle doit se calmer. Économiser le peu de forces qu'il lui reste. Elle reprend son dialogue imaginaire avec sa sœur.

« Tu te souviens, Ghisa, de ce que les anciens nous ont appris ? Mais si, rappelle-toi, l'explication sur les armes chimiques ! Celles qu'ils ne peuvent se permettre d'utiliser trop souvent ni à un rythme trop soutenu, pour ne pas intoxiquer les leurs et risquer de les faire crever en même temps que nous. Imagine, le champ de ruines qu'ils provoqueraient ! Des cadavres partout. Les leurs, les nôtres. Fini, plus personne. Plus rien. Ils ne sont pas fous. Ils attendent au moins vingt et un jours entre chaque bombardement. Bien sûr que j'ai compté, qu'est-ce que tu crois ? Toutes les trois semaines, ils déclenchent une explosion chimique. Et si je ne me trompe pas, s'ils ne modifient pas leur stratégie, je pense qu'il me reste une dizaine de jours avant la prochaine attaque. Il faut que je demeure cachée.

Ô Ghisa, pourquoi n'ai-je aucun signe de toi ? Tu as dû mourir lors de la dernière attaque. C'est certain. Tu m'aurais envoyé un message sinon. Le dernier que j'ai reçu m'a glacée. Bon sang, si au moins j'avais pu t'aider ! Mais tu étais si loin.

J'ai tellement mal. Si tu savais comme j'ai mal… Je suis épuisée, affamée. Je ne pensais pas que la faim pouvait être si douloureuse. Les anciens en parlaient pourtant, mais avant de l'avoir vécue, on ne peut prendre la mesure de ce que cette souffrance signifie. L'idée de manger tourne à l'obsession. Je ne pense qu'à avaler quelque chose. Mais il ne reste plus rien. Ils ont détruit tout notre réseau d'approvisionnement. Les ordures ! Tu te rends compte ? Après tous nos efforts pour le construire ! Quand je pense à toutes celles qui sont mortes pendant cette période, j'en suis malade. Aucune des nôtres n'a fait preuve de lâcheté malgré les risques et la peur qui les tenaillait quand venait leur tour d'y aller. Leur courage était remarquable… Je dois me montrer à la hauteur. Être intrépide à mon tour, téméraire, patiente. Je fais le serment, ma sœur, de te venger. De vous venger, toutes. Ils nous ont trop fait souffrir !

Les images du carnage me hantent. J'ai encore les cris des nôtres dans ma tête. Je les entends hurler de douleur et de faim. La vision de nos camarades affamées était terrifiante, leur état de dénutrition si avancé que la plupart d'entre elles sont mortes avant même d'avoir pu donner naissance à leurs enfants. Leur agonie ne me quitte pas. Ni la culpabilité d'avoir fui et survécu. Que je hais ce silence, ce calme… Cette solitude ! Je ne me suis jamais sentie si vulnérable. Notre force, c'est d'être toutes ensemble. Puissantes. Efficaces. Redoutables. Seule, mon pouvoir est limité. Réel, mais fragile. Il ne me reste qu'à trouver de quoi me nourrir pour pouvoir de nouveau enfanter. Mais cette faim… cette faim est insupportable. C'est une faim qui tue. »

# 6

Esther a toujours su ce qu'elle voulait : quel look adopter, quel métier exercer, quel sport pratiquer… Elle était aussi persuadée depuis l'enfance qu'elle ne se marierait jamais : elle aimait trop sa liberté, son indépendance. Elle n'avait pas très envie d'« appartenir à un homme ». « Quelle idiote j'ai pu être », se dit-elle souvent en observant du coin de l'œil, le cœur serré, Sam jouer avec les filles.

Sam… La première fois qu'elle a vu Samuel, elle était en fin de deuxième année de l'EDHEC. Celle qui venait de s'écouler avait été difficile : le rythme s'accélérait, les cours étaient donnés entièrement en anglais – une gageure pour Esther. Mais elle s'était accrochée et avait réussi à obtenir des notes tout à fait honorables. Elle cherchait maintenant activement des stages en marketing et communication pour l'année suivante, l'année de césure. Elle avait une touche dans une grande société en Suède et une autre à Paris. Les deux offres l'intéressaient, mais pas de coup de cœur. Alors elle cherchait encore.

Comme elle avait beaucoup travaillé, elle était assez peu sortie. Elle avait même cédé sa place de trésorière du bureau des élèves, et privilégié les soirées de révisions à la bibliothèque plutôt que les sorties en boîte avec les potes. Elle n'était pas frustrée, ni même déçue : c'était son choix, elle l'assumait.

Esther avait aussi mis en veille sa vie sentimentale : après un flirt un peu malsain avec un élève de deuxième année l'année précédente – le genre de gars qui prétend être l'égal de ses conquêtes mais qui oublie de signaler qu'il pratique « la fidélité multiple », autrement dit qu'il trompait Esther dès qu'il le pouvait –, elle avait décidé de se concentrer sur ses études.

Comme l'année scolaire touchait à sa fin, elle accepta l'invitation de son coloc, Paul. Elle l'avait rencontré en début de première année, et ils avaient tout de suite sympathisé. Il sut se montrer convaincant : « Tu vas finir vieille fille, ma cocotte, si tu ne te bouges pas un peu. Les examens sont terminés, détends-toi, sors, vis. Allons nous trouver un mec ! » Esther le suivit donc chez un élève de quatrième année qui donnait une soirée dans la maison de ses parents, à quelques kilomètres du centre de Lille. Et elle ne regretta pas sa décision : la maison était une sublime villa d'architecte hypermoderne plantée au milieu d'un immense parc. Des tables étaient installées un peu partout sur la pelouse fraîchement tondue, autour desquelles déambulaient une bonne centaine de jeunes adultes pleins d'avenir. Une estrade en bois faisait office de piste de danse, animée par un DJ amateur, qu'Esther identifia comme un étudiant de quatrième année.

C'est là qu'elle croisa le regard de Sam pour la première fois. Il était en grande discussion avec une petite blonde typique du coin – cheveux au carré, nez retroussé, robe moulante rouge, pieds nus dans l'herbe. Esther sourit intérieurement : « Mon exact opposé… » Elle, qui avoisinait le mètre soixante-douze, portait un pantalon blanc avec un haut bleu turquoise suffisamment décolleté pour laisser affleurer la naissance de sa généreuse poitrine. Son épaisse chevelure brune glissait sur ses épaules et lui donnait l'allure d'une actrice italienne des années soixante.

Esther tomba tout de suite sous le charme de ce grand brun aux yeux bleus. Il se dégageait de lui une force qu'elle n'avait encore jamais rencontrée chez personne. Paul, revenu avec deux spritz en main, tira Esther de son rêve éveillé : « C'est sur Samuel que tu scotches comme ça, coquine ? Tu veux que je te le présente ? Je le connais bien, c'est le cousin de Sophie, tu sais, qui s'occupe du club de tennis de l'école ? Et il est grave hétéro ! » Le coup de foudre fut immédiat et réciproque. Esther et Samuel passèrent le reste de la soirée à discuter comme s'ils se connaissaient depuis toujours. Seuls au monde.

Samuel était en dernière année, la cinquième, de l'École nationale supérieure d'architecture de Paris-La Villette. Fils unique, originaire de Lille, il était né dans une famille de dentistes de père en fils. Son choix de devenir architecte avait été très mal vécu par son père, et les relations entre Samuel et sa famille étaient ténues, pour ne pas dire inexistantes. Il avait accepté de revenir à Lille aujourd'hui pour revoir ses amis de longue date, mais sa vie était à Paris. Il fut très touché par ce qu'Esther raconta sur ses parents, ses frères, leurs liens indestructibles malgré la distance. Quant à Esther, plus elle parlait, plus c'était clair dans sa tête : Samuel était son double, le « because of the why », comme disait Paul. Encore aujourd'hui, malgré les années passées, la fatigue, la maladie et les traitements, elle se souvient comme si c'était hier de cette nuit d'été où elle a su. Su que Samuel serait l'homme de sa vie. Celui avec qui elle irait n'importe où. Elle ignorait alors à quel point à l'époque la vie se chargerait de le lui rappeler.

Les deux amoureux s'installèrent rapidement ensemble à Paris, dans le studio de Sam, au pied de la butte Montmartre. Esther choisit de faire ses premiers six mois de stage à Paris, puis les six suivants à Luxembourg, tandis que Sam trouvait un premier job d'assistant architecte dans un prestigieux cabinet. Dès qu'ils en avaient l'occasion, ils voyageaient, sac au dos : Laos, Cambodge et Viêt Nam, puis Pérou, Argentine, Brésil, Indonésie… Très vite, Esther présenta Sam à ses parents, qui l'adorèrent. Sam le leur rendait bien, lui qui n'avait toujours pas résolu ses problèmes avec les siens. Ils vécurent ainsi dix ans, amoureux, gagnant bien leur vie, profitant de chaque instant.

Esther savait que Daniel et Myriam rêvaient secrètement de marier leur petite dernière – sa mère avait eu quelques phrases du genre : « Ah, tu te souviens de Chloé, la fille de Martine et Jean-Luc ? Elle vient d'avoir son deuxième bébé… » Message reçu, maman ! Pourtant, Myriam était déjà cinq fois grand-mère : Benjamin avait eu des jumeaux, deux garçons, puis une fille, mais vivait toujours à Londres, et Simon était en couple avec une Mexicaine et habitait au bord du Pacifique avec sa femme et ses deux filles. Mais elle les voyait trop peu à son goût ; et puis elle avait peur de ne pas pouvoir profiter des enfants de sa fille – « le temps file, ma chérie, et je n'ai plus vingt ans… ». Cependant, Esther n'était pas pressée : elle voulait profiter de sa liberté, de son indépendance. Et après plusieurs CDI, à bientôt trente ans elle décida de monter sa propre société de communication avec Paul, ce qui lui semblait peu compatible avec une grossesse.

Et pourtant.

# 7

Hanna mobilise ses souvenirs afin de canaliser l'envie irrépressible de manger qui la prend en tenaille.

« Il paraît qu'au début nos ancêtres n'étaient pas nombreuses par ici. On dit que la mère fondatrice de la colonie est arrivée un peu par hasard. Elle s'est arrêtée pour se reposer, mais elle est restée, séduite par l'environnement. Un endroit agréable et propice à la création d'une nouvelle communauté. D'après la légende, c'est à cet instant qu'est survenu le miracle : elle a été capable, à elle seule, de donner naissance à deux filles, magnifiques, plus fortes et plus intelligentes qu'elle. J'aime l'idée que nous avons toutes l'histoire de leurs vies inscrite dans notre mémoire.

À cette époque, tant que la communauté n'était composée que de quelques membres, se nourrir ne représentait pas un vrai problème. Déguisées pour ressembler à leurs ennemies, nos ancêtres arrivaient à leur voler ce dont elles avaient besoin. Les autres ne s'en rendaient même pas compte. Elles ont toujours été si stupides. Mais bientôt les nôtres ont été trop nombreuses, et les difficultés ont commencé. Les plus faibles sont mortes, et celles qui ont survécu sont tombées dans un état de faiblesse aiguë, luttant de leur mieux pour s'en sortir.

Quelle effroyable période ! Des morts partout, des cadavres dont il fallait se débarrasser sans éveiller l'attention des autres. Elles auraient aussitôt déclenché l'alarme et se seraient toutes jetées sur les misérables. Heureusement que Rhodan est apparue ! Quelle intelligence ! Tu te souviens, Ghisa, comme on la disait laide ? Elle était tellement vilaine que sa mère la pensait porteuse d'une anomalie génétique. D'ailleurs, toutes la surnommaient la “Mutante”. Je me suis toujours dit que c'est sans doute grâce à cette mutation génétique qu'elle était douée d'une telle force, d'une puissance inouïe et d'un génie invraisemblable. Ainsi que d'une agressivité folle. Une ennemie redoutable. La pire de toutes.

Quelle héroïne ! Quelle cheffe charismatique ! Toutes, nous lui avons voué une admiration sans bornes. Si notre communauté n'est pas morte, c'est grâce à elle. Elle a sauvé notre peuple. Avec une idée toute simple. Simple et brillante : construire un réseau d'approvisionnement parallèle pour dérober plus facilement la nourriture aux autres. Détourner leurs ressources énergétiques en branchant des pipelines sur leurs réseaux. Astucieux et magnifique ! Elle et ses enfants se sont mises au travail, et, en un rien de temps, notre communauté a été alimentée par tout un labyrinthe de tuyaux par lesquels est arrivé, nuit et jour, tout ce dont nous avions besoin. Le jeûne prit fin, et avec lui, la souffrance.

Mais aujourd'hui, ce réseau est en miettes, et j'ignore où trouver de quoi me régénérer. Mais je n'ai pas le droit de mourir. Non, je ne me laisserai pas dépérir ! Esprit de notre mère créatrice, esprit de Rhodan, donne-moi la force ! Pourtant, je suis si faible que j'aimerais me laisser aller, fermer les yeux et te rejoindre, ma Ghisa. Ne plus avoir mal, ne plus avoir peur... Ne plus ressentir cette déchirure dans mes entrailles. Il faut que je mange. Que je boive. Ma bouche est si sèche... Je n'ai plus rien avalé depuis si longtemps que je ne me souviens même plus de la sensation que j'éprouvais lorsque je ne manquais de rien. Le bonheur, quel sentiment fugace...

Pas plus que les autres, je n'ai eu conscience de notre chance. De ce que représentait cette profusion de nourriture. Les temps anciens étaient certes dans nos mémoires, mais nous ne savions plus ce que voulait dire la faim. À présent, comme je comprends ce qu'elles ont dû souffrir ! Je suis terrifiée !

Seule face à nos ennemis, ma situation est si précaire, si fragile. Si je meurs, il ne restera plus de trace de notre communauté, plus rien de tout ce que nous avons bâti… Il faut que je me ressaisisse. Que je ne laisse pas ce flot de pensées macabres m'engloutir. Mais comment ne pas être hantée par la mort quand je me sens si faible ? Non, je dois penser au temps où notre communauté prospérait, où elle grossissait chaque jour, dans le désordre de toutes ces naissances qui semblaient ne jamais s'arrêter. Nous étions si fières de voir grandir nos enfants, de constater que nos bataillons devenaient plus puissants et que l'invasion du territoire ennemi s'avérait si aisée. Au début, il suffisait de repousser les autres pour occuper leur domaine. Sans même devoir les tuer. Trop occupées à travailler, elles nous prêtaient peu d'attention et remarquaient à peine que nous étions différentes. Il a fallu que nous les écrasions pour qu'elles commencent à résister. Un combat sans merci, mais nous n'avions pas le choix. Notre survie en dépendait. Nous étions plus intelligentes, plus puissantes. Nous étions plus nombreuses aussi, et nos communautés étaient disséminées un peu partout. Une invasion efficace. Des victoires acquises. Faciles. Nous aurions dû gagner.

Notre seule erreur a été de les sous-estimer. Nos ennemis sont devenus agressifs et ont eu l'idée de nous attaquer au moment où nous étions les plus vulnérables. Le seul dans notre existence. Celui où nous remplissons notre plus important devoir : enfanter.

Je ne cesse de me demander comment leur maîtresse a fait pour trouver notre talon d'Achille. Elle nous connaît mieux que je ne le pensais.

Mais… mais quelle est cette sensation, là, dans mon ventre… Je rêve ? Non, je ne veux pas y croire ! Ce serait trop beau… »

# 8

« Si c'est un garçon, on l'appellera Adam, et si c'est une fille… Axelle. C'est bien Axelle, non ? Et un prénom en A, pour un premier-né, c'est bien aussi, non ? T'en penses quoi ? Esther ? »

Samuel n'arrêtait pas de parler depuis qu'ils avaient quitté le cabinet d'échographie de l'avenue de l'Opéra, dans le I$^{er}$ arrondissement de Paris. Ils s'étaient posés dans un troquet de la rue des Martyrs, non loin de l'atelier d'artiste dans lequel ils venaient d'emménager. « Un bien avec autant de potentiel, c'est une perle rare », leur avait dit l'agent immobilier. Sam avait tout de suite flashé et vu les aménagements possibles : deux chambres, voire trois, en mezzanine, une cuisine américaine et un espace bureau… Esther, elle, avait été séduite par la lumière qui baignait l'appartement, grâce à la verrière qui faisait office de toit.

Elle n'en revenait toujours pas de ce qu'elle avait

entendu quelques heures plus tôt : un cœur, celui de son enfant, battait dans son ventre. Quand elle avait fait son premier test de grossesse, quelques semaines auparavant, elle avait d'abord cru à une aménorrhée due au stress : Paul et elle venaient de déposer les statuts de leur société de communication, E&P Communication, les premiers clients commençaient à se manifester et ils avaient à peine eu le temps de poser leurs cartons dans cet appartement du III$^{e}$ arrondissement qu'ils avaient fini par trouver après des mois de recherches et qui leur servirait de bureaux.

Esther était partagée entre l'envie viscérale de devenir bientôt mère et la panique qui s'emparait d'elle dès qu'elle s'imaginait avec un enfant à élever et une boîte à faire tourner. Elle prenait pourtant la pilule ; elle avait sûrement dû l'oublier un soir ou deux. « Vu l'heure à laquelle je rentre et l'état de fatigue dans lequel je suis, pas étonnant… » Elle avait prévenu Paul avant même ses propres parents, elle craignait qu'il ne le prenne mal. Mais Paul avait littéralement sauté de joie : « Je vais devenir tonton ! » avait-il crié en bondissant dans les couloirs vides de leurs nouveaux bureaux. Puis, aussitôt après, elle avait appelé sa mère. Myriam n'avait pu retenir ses larmes tant elle était heureuse pour Esther, pour Sam, pour Daniel, pour elle. Ses frères avaient accusé le coup – leur

« petite sœur » allait devenir mère…–, mais étaient évidemment ravis pour le couple. Quant aux cousins et cousines, ils jubilaient à l'idée d'accueillir un nouveau bébé dans la famille.

Mais Esther ne profita pas de cette première grossesse : trop de boulot, trop de nausées, trop de kilos à déplacer… Elle avait hâte que ça se termine. Elle ne prit aucun congé maternité et perdit les eaux un après-midi en plein milieu d'une conférence call avec des clients canadiens. Paul mit fin à la réunion d'un surprenant : « Nous allons être contraints d'écourter notre entrevue, veuillez-nous excuser, mais nous allons accoucher », et accompagna Esther à la clinique en taxi pendant qu'elle tentait de joindre Sam.

Le travail dura des heures, durant lesquelles Esther souffrit le martyre. Elle dut encaisser les fameuses contractions inutiles, aussi douloureuses que celles censées être utiles, mais sans aucune utilité pour l'ouverture du col. À 4 heures, alors qu'elle n'était dilatée qu'à 3, le cœur du bébé commença à montrer des signes de fatigue – ils avaient souhaité ne pas savoir le sexe. L'équipe médicale décida de ne pas prendre de risque et de pratiquer une césarienne d'urgence. Esther essaya de négocier ; pour elle, accoucher, c'était pousser, pousser encore et sentir son enfant quitter son corps. Mais son obstétricien fut catégorique : si le cœur du fœtus décélère, il y a souffrance fœtale ; et qui dit souffrance fœtale dit risque pour le bébé et la mère. Sam supplia sa femme d'écouter son médecin et de lui faire confiance, ce qu'elle finit par faire.

« Écouter son médecin », « lui faire confiance »... Esther se rend compte qu'elle a toujours tenté de contourner les injonctions médicales, peut-être à tort. Mais comment en être certaine ?

Axelle pointa le bout de son nez à 8 h 05. Sam avait pu l'accompagner au bloc et ils accueillirent ensemble leur fille dans un torrent d'émotions incontrôlable. Puis Sam partit avec le bébé faire du peau à peau, pendant qu'Esther récupérait en salle de réveil. Daniel et Myriam furent les premiers à venir voir la merveille, et presque les seuls : Esther refusa que ce soit le défilé dans la chambre ; elle se sentait très fatiguée et voulait se reposer un maximum avant de rentrer chez elle. Ses frères et leurs familles rencontrèrent la nouvelle recrue par WhatsApp vidéo ; quant aux parents de Sam, seule sa mère vint leur rendre visite à la maternité, une vingtaine de minutes tout au plus. Elle déposa un doudou lapin rose layette dans le berceau de sa petite-fille, la regarda les yeux embués pendant de longues minutes, échangea des banalités avec Esther puis prit congé, prétextant que sa belle-fille avait besoin de se reposer.

Quatre jours plus tard, la petite famille rejoignit le

loft-atelier. Esther était encore très fatiguée et la cicatrice de sa césarienne la faisait souffrir. Elle était frustrée de ne pas pouvoir bouger comme elle le voulait, de ne pas pouvoir porter sa fille, même si elle avait décidé de ne pas l'allaiter – « tirer mon lait comme une vache normande tous les matins avant de partir au bureau, très peu pour moi… ». Malgré un gros appel d'offres à rendre sous peu, Sam était très présent, se levait la nuit pour les biberons, travaillait au maximum à la maison pour ne pas laisser « ses femmes » seules et permettre à Esther de se reposer. Mais elle en profitait plutôt pour travailler, elle aussi : la société ne pouvait pas attendre qu'Axelle grandisse.

Dès la fin du premier mois de vie de sa fille, Esther évoqua devant Sam l'urgence de trouver une nounou. Elle se rendait compte à quel point son job était chronophage, et que si elle continuait à ce rythme, elle allait y laisser sa santé physique et mentale. Myriam proposa maintes fois ses services, mais elle habitait trop loin pour être opérationnelle tôt le matin et tard le soir. Ils dénichèrent alors Nathalie, une garde d'enfant à domicile douce, calme et habituée aux nourrissons, ce qui rassurait Esther.

Mais imaginer confier son enfant à deux mois de vie est une chose, passer à l'acte en est une autre. Esther vécut comme un échec l'arrivée dans leur vie de cette deuxième maman, qui passait finalement plus de temps qu'elle avec sa fille. Elle qui avait toujours décidé de tout était cette fois obligée de subir, et ça la rendait folle. Entre frustration et colère, elle eut toutes les peines du monde à vivre sereinement la première année de vie d'Axelle. Elle ne pouvait s'empêcher de penser qu'elle avait échoué, qu'elle avait tout manqué : les premières dents, les premiers pas, les premières cuillerées, les premiers mots... Sam avait beau lui répéter qu'elle était comme toutes les mères, que tout ça était on ne peut plus normal et qu'il était très fier d'elle, Esther continuait de penser qu'elle n'assurait pas dans son rôle de maman. Elle noya sa détresse dans le travail, rentrant de plus en plus tard, travaillant même le week-end. Mais la boîte grandissait, l'argent affluait. Sa réussite professionnelle camouflait ce qu'elle considérait comme un fiasco personnel.

# 9

– Et si on se mariait ?

Il était environ 19 heures ce dimanche d'octobre quand Sam prononça ces mots. Ils rentraient de Rambouillet ; Axelle, épuisée par son après-midi à jouer avec ses grands-parents, venait de s'endormir dans son siège auto, la tête basculée en arrière et la bouche à demi ouverte.

Esther regarda Sam d'un air éberlué.

– Qu'est-ce que tu viens de dire ?

Sam lui répondit d'un ton moqueur, sans quitter la route des yeux.

– Tu as très bien entendu : et si on se mariait ?

La jeune femme avait toujours été claire sur le sujet : pas besoin d'un contrat, d'une signature au bas d'un document officiel pour passer sa vie avec son âme sœur. Elle aimait aussi l'idée de conserver son indépendance, sa liberté. Elle l'avait très tôt dit à Sam, à peine quelques semaines après leur rencontre, et il n'avait pas semblé trouver ça rédhibitoire.

– Allez, ce serait sympa, une fête avec quelques amis, la famille... On pourrait faire ça dans le jardin de tes parents, un week-end du printemps prochain. Pas un grand barouf avec cérémonie religieuse, pièce montée et tout le tralala, non, un moment joyeux et simple. Comme nous, quoi...

Esther sentit soudain son ventre se nouer. Des larmes lui embuèrent les yeux. Elle n'aurait jamais pu imaginer qu'entendre Sam la demander en mariage la mettrait dans un tel état. Elle s'imaginait répondant « oui » au maire flanqué de son écharpe tricolore, la joie de ses parents d'assister à ce qu'ils pensaient ne jamais vivre, le mariage de leur petite dernière, l'émotion quand ils sortiraient de la mairie, main dans la main, et se présenteraient devant ceux qu'ils aimaient et qui comptaient le plus pour eux, avec dans leurs bras Axelle et sa magnifique robe de princesse...

– OK.

Sam faillit piler au milieu du périphérique bondé.

– « OK »... Ça veut dire oui ? Tu es d'accord ? Je m'attendais à un peu plus de résistance de votre part, Mademoiselle l'Indépendante... Mais si c'est OK, alors... OK !

Il attrapa la main d'Esther et la tint pendant un long moment.

L'annoncer à sa mère fut un des moments les plus intenses de toute sa vie. Esther l'avait invitée à déjeuner pour lui apprendre la nouvelle, dans un troquet de la butte Montmartre. Myriam pleura le reste du repas, un sourire béat aux lèvres.

– Mais pas de robe meringue ni de choux à la crème, je te préviens. Et on n'invitera pas tout Rambouillet. Sam et moi, on veut quelque chose de sobre, l'avait-elle avertie dans la foulée.

Sa mère accéda à toutes les exigences de sa fille, à une seule condition : qu'elle participe au choix de sa tenue de mariée. Ce qu'Esther accepta avec plaisir. Elle savait exactement ce qu'elle voulait : une robe longue couleur crème – « mais pas qui traîne par terre » – , en soie sauvage, près du corps sans être moulante, décolletée juste ce qu'il fallait pour mettre en valeur sa poitrine généreuse.

Contrairement à ce qu'elle avait toujours pensé, elle prit un plaisir immense à organiser son mariage. Elle avait passé des heures, la nuit, à scroller sur Pinterest pour trouver l'inspiration. Sam l'avait beaucoup charriée :

– Alors, Mademoiselle l'Indépendante, on s'amuse bien ?

N'en déplaise à son futur mari, oui, elle s'amusait beaucoup et n'aurait laissé sa place pour rien au monde.

Elle avait opté pour une décoration champêtre dans les tons de beige et de nuances de vert. Des fleurs blanches, agencées en bouquets discrets, seraient disposées un peu partout dans le jardin. Les arbres seraient décorés de rubans blanc et vert, de même que les chaises et le barnum loué pour l'occasion qui trônerait au centre du jardin. Des photophores seraient alignés sur chaque table, sans plan de table particulier. Sam voulait que les gens se sentent à l'aise d'aller et venir entre les plats. Myriam se chargea du cocktail – quatre stands disséminés sur la pelouse : un avec des huîtres, un pour les petits-fours, un pour le foie gras poêlé et un totalement végétarien – et du menu du dîner – un jambon à l'os braisé accompagné de sa purée maison, un plateau de fromages et plusieurs gâteaux aux goûts différents. Daniel, quant à lui, écuma les cavistes avec Sam pour dénicher le champagne au meilleur rapport qualité/prix – il disait toujours : « Pas besoin de casser sa tirelire pour boire du bon champagne. Les producteurs indépendants font des merveilles, de nos jours. »

Le jour de la cérémonie, un soleil au zénith irradiait la mairie de Rambouillet. Une cinquantaine de personnes étaient rassemblées dans la salle des mariages, autour des futurs époux. Myriam et Daniel tenaient fièrement la main d'Axelle, en robe rose poudré et ballerines ton sur ton. Benjamin, Simon et leurs familles étaient bien sûr présents. Ils n'auraient raté cet événement pour rien au monde. Le maire, un ami des parents, tint un discours d'une délicatesse et d'une drôlerie qui ravirent l'assistance. Et quand les deux « oui » furent prononcés, un tonnerre d'applaudissements résonna longtemps dans le bâtiment. Les invités étaient unanimes : c'était une des plus belles cérémonies auxquelles ils avaient assisté.

Le reste de la journée se déroula dans une bonne humeur communicative et beaucoup d'émotion. Notamment lorsque Paul, l'ami de toujours, prit la parole pour lancer un diaporama qui fit monter les larmes aux yeux de tous les invités.

Quand les derniers convives quittèrent la propriété de Myriam et Daniel vers 5 h 30 du matin, Sam prit Esther par la taille et ils se lancèrent dans un dernier slow sans musique. Seuls sur la piste de danse, au milieu des verres vides et des mégots de cigarettes, ils restèrent enlacés de longues minutes. Sam cessa de bouger, attrapa entre les mains le visage de celle qui était désormais sa femme, et planta ses yeux dans ceux d'Esther.

– Pour le meilleur et pour le pire, lui dit-il dans un souffle.

– Pour le meilleur et pour le pire, lui répondit alors Esther.

Un frisson parcourut son dos. Elle espérait ne jamais avoir à supporter le pire, mais elle savait qu'elle avait choisi l'homme avec lequel ce serait possible.

# 10

Esther se dit souvent qu'on ne profite jamais du bonheur quand il est là. C'est seulement quand la vie s'emballe et nous embarque dans les bas-fonds du malheur qu'on se rend compte que notre existence était belle, simple, heureuse.

La première fois qu'Esther s'est fait cette réflexion, la trappe de l'incinérateur venait de se refermer sur le cercueil de ses deux parents. Elle était là, debout, immobile, et malgré la présence de Sam, de ses frères, de ses amis, elle ne ressentait que le vide en elle et autour d'elle. Et elle fit le constat qu'avant elle était heureuse. Qu'avant elle connaissait le bonheur. Et que tout ça avait désormais disparu.

C'était un dimanche pluvieux de novembre. Ses parents étaient venus leur rendre visite au loft ; Axelle sortait d'une otite et, vu le temps, Esther avait préféré ne pas l'emmener à Rambouillet. Après un après-midi à jouer avec leur petite-fille – à trois ans, elle s'était prise de passion pour les figurines My Little Pony –, Daniel et Myriam avaient repris leur voiture pour rentrer chez eux. À 20 h 12, Esther reçut un appel masqué. Elle ne répondait en général jamais, mais cette fois elle sut qu'elle devait décrocher. C'était la gendarmerie de Rambouillet : le véhicule de ses parents avait été percuté de plein fouet par un utilitaire à la sortie d'un virage à faible visibilité. Les pompiers arrivés rapidement sur place n'avaient rien pu faire. Ses parents étaient morts sur le coup, tous les deux.

Esther lâcha le téléphone et poussa un hurlement déchirant. Axelle, surprise, se mit à pleurer. Sam arriva en courant dans le salon, attrapa sa fille pour la consoler et s'approcha de sa femme qui criait toujours. « Esther, qu'est-ce qu'il se passe ? Esther, parle-moi, dis-moi quelque chose ! » Mais elle était incapable d'articuler quoi que ce soit. Sam entendit alors une voix métallique grésiller dans le portable allumé d'Esther : « Madame ? Vous êtes là ? Madame ? » Sam posa Axelle et prit le téléphone. « Bonsoir, je suis le mari d'Esther Bauchamp, pouvez-vous m'expliquer ce qu'il se passe ? » Au bout de quelques minutes, à son tour, Sam fut submergé par l'émotion. Il parvint à écouter les consignes de la gendarmerie concernant la marche à suivre, avant de raccrocher. Il prit Esther dans ses bras et la serra fort durant de longues minutes.

Ils pleurèrent longtemps l'un contre l'autre.

Esther ne cessait de répéter que c'était sa faute, qu'elle n'aurait jamais dû leur demander de venir. Qu'ils commençaient à vieillir et qu'ils n'auraient pas dû prendre la voiture. Qu'elle aurait dû les convaincre de monter dans le TER pour une fois. Puis elle se tut.

Sam fut le premier à se ressaisir. Il coucha Axelle et, après avoir réussi à l'endormir, revint auprès d'Esther, prostrée dans le canapé, muette, le regard dans le vide. « Je vais appeler Ben et Simon, il faut les prévenir… » Esther ne dit rien ; elle était comme anesthésiée. Sam passa les coups de fil qu'il jugea nécessaires, tout en jetant un œil à sa femme qui ne bougeait toujours pas. À 2 heures passées, il lui fit avaler deux somnifères et la conduisit dans leur lit. Esther se laissa faire ; elle voulait juste dormir pour que la douleur cesse et ne plus jamais se réveiller.

La jeune femme vécut la semaine qui suivit dans une sorte de brouillard dans lequel la maintenaient les médicaments que lui avait prescrits le généraliste dès le lendemain du décès : l'arrivée de ses frères et de leurs familles, le rendez-vous à la mairie pour déclarer les décès, la location de la chambre funéraire – « pas question de les séparer », avait prévenu Ben –, l'organisation de la crémation – ses parents leur avaient toujours dit qu'ils souhaitaient être incinérés et que leurs cendres soient dispersées dans la forêt –, du déjeuner qui suivrait, les fleurs, la musique... Durant ces quelques jours, Esther se laissa porter, incapable de la moindre décision. Mais la nuit précédant la cérémonie, elle ressentit comme un appel. Tout devint clair dans son esprit. Elle décida de ne pas prendre de somnifères et resta éveillée toute la nuit pour rédiger un discours. Celui qu'elle comptait dire le lendemain lors de la crémation. Un ultime témoignage d'amour à ses parents qu'elle aimait tant.

Quand elle fit lire à Sam le texte qu'elle avait écrit, il ne put retenir ses larmes. « Esther, mon amour, c'est... c'est magnifique. Mais... tu es sûre de vouloir le faire ? » Oh oui, elle était certaine. Peut-être qu'elle le dirait de dos, peut-être qu'elle serait submergée par l'émotion et que son intervention serait incompréhensible, mais elle se présenterait sur cette estrade devant eux une dernière fois. Elle l'avait décidé.

Il y avait un monde fou sur le parking du crématorium. La mort de Daniel et Myriam avait été un tel choc pour tout le monde que nombre de leurs amis et connaissances étaient présents pour leur rendre un dernier hommage. La salle funéraire débordait de fleurs, toutes blanches. Esther se fit la réflexion que sa mère aurait adoré, et que son père aurait rigolé en disant que ça manquait « quand même un peu de gaîté, tout ce blanc ». La cérémonie fut à leur image : simple, sobre, sincère et pleine d'amour. Esther monta la première sur l'estrade. Elle tremblait quand elle posa ses mains sur le pupitre. Elle respira profondément avant de se lancer et réussit à lire le texte qu'elle avait préparé avec une dignité qui impressionna l'assistance. Puis les autres intervenants se succédèrent, tous plus émus les uns que les autres : ses frères, les anciens collègues de travail de son père, les amies de sa mère… Il y eut des larmes, bien sûr, mais il y eut des rires aussi. Daniel et Myriam étaient des gens joyeux, ils n'auraient pas aimé qu'on s'apitoie sur leur sort. Jusqu'au moment où les deux cercueils descendirent vers le sous-sol du crématorium et où la trappe se referma, laissant Esther, désormais orpheline, seule avec son désespoir.

Les semaines qui suivirent, elle se plongea plus encore – si c'était humainement possible – dans le travail. Paradoxalement, elle décida aussi qu'elle consacrerait désormais tous les mercredis après-midi à sa fille. La vie était trop courte pour ne pas profiter chaque seconde des gens qu'on aimait. Axelle était une petite brune au caractère bien trempé – « comme sa mère, n'est-ce pas mon amour ? » –, un petit bout de femme qui adorait les robes, le rose et les paillettes – « l'opposé de sa maman au même âge, n'est-ce pas ma chérie ? ». Mère et fille passaient des heures à habiller, déshabiller, rhabiller des poupées en tout genre.

Durant ces heures bénies, Esther avait l'impression

de rattraper un peu du temps perdu quand Axelle était bébé et qu'elle n'était pas à ses côtés. Elle apprenait à connaître le moindre trait du visage de sa fille, la moindre de ses mimiques, afin de les graver à jamais dans sa mémoire. Juste au cas où.

# 11

« La chance est-elle enfin de mon côté ? »

Dans l'obscurité, Hanna s'approche de l'odeur de mort, de putréfaction qu'elle vient de sentir. Elle avance, tous les sens aux aguets : où sont donc les fossoyeurs censés ramasser et détruire immédiatement les cadavres ?

Elle en tâte les contours pour essayer de deviner ce qui se trouve devant elle. À l'évidence, elle est face aux restes, déjà décomposés, d'une de ses ennemies.

Elle est parcourue d'un frisson de plaisir. Elle va pouvoir s'alimenter de nouveau, reprendre des forces. Elle se jette sur sa proie en songeant qu'elle aurait préféré trouver des protéines pures, quelques glucides, mais elle n'a pas le choix.

Avec précipitation, elle déchire la chair de son ennemie et commence à trier ce qu'il reste de comestible. Mais le moindre geste l'épuise. Elle a des difficultés à respirer, a mal partout. Elle essaie de reconnaître la nature de ce qu'elle prélève sur le cadavre, mais l'état de putréfaction est tel qu'elle en avale des parties sans trop savoir à quoi elles correspondent. Peu importe. Reprendre des forces, redevenir performante, être capable à nouveau d'engendrer une descendance riche et puissante, reprendre le combat jusqu'à la victoire finale mérite qu'elle oublie un instant la pourriture immonde qu'elle dévore.

La sensation de faim s'apaise peu à peu. Et avec elle disparaît le sentiment de découragement et d'abandon. Elle a l'intuition qu'elle est sauvée. Les guerriers ennemis n'auront pas sa peau.

Sa rage finit par donner un goût agréable à la pourriture qu'elle ingurgite. Elle prend plaisir à avaler les entrailles de cette adversaire qu'elle hait. Elle en savoure chaque morceau, lentement, avec une économie de mouvements autant due à sa faiblesse qu'à sa prudence. Ne pas attirer l'attention, ne pas se faire repérer. Non, elle ne leur offrira pas ce cadeau. Malgré tous leurs stratagèmes et leur système aiguisé de surveillance permanent, malgré la série d'attaques chimiques, ils ne l'auront pas. Ni maintenant ni jamais. Elle s'en fait le serment. Elle, qui a frôlé la mort, qui l'a même acceptée pour cesser de souffrir, est persuadée que cette expérience l'a rendue plus forte, plus résistante, plus déterminée.

Cette puissance nouvelle est sa meilleure arme. Il ne lui faut que quelques jours pour être complètement guérie. Une quinzaine peut-être. Un peu de temps, c'est tout ce dont elle a besoin.

## 12

Hanna sursaute en s'apercevant qu'un ennemi vient de passer tout près d'elle. Elle frissonne. En une fraction de seconde, tout aurait pu basculer. Décidément, cet endroit n'est pas sûr. Mais comment se déplacer ? Impossible d'utiliser les canaux de circulation, c'est beaucoup trop dangereux. Ils sont infestés de défenseurs ennemis. D'individus entraînés, capables de reconnaître immédiatement tout intrus. Et Hanna ne correspond en rien aux critères raciaux de ses ennemis. Sans pitié, ils éliminent en perforant tout être différent ou abîmé.

« Ces imbéciles ne m'arrivent même pas à la cheville, grommelle-t-elle. La pureté de leur peuple ? Foutaises ! Ils sont incapables d'imaginer que quelqu'un de différent puisse améliorer l'organisation. Comme si tout ce qui ne porte pas les critères du "soi", comme ils disent, devait être détruit. Quelle simplification odieuse que de résumer le monde à son propre peuple… Mais bon sang, d'où est venue cette idée que le monde puisse être aussi simple ? Qui l'a décrétée ? Pourquoi n'avoir comme seule perspective d'évolution de leur race que de subtiles mutations ? Si subtiles d'ailleurs qu'elles passent totalement inaperçues ! Tandis que nous, nous sommes fières de nos changements d'identité, de ces modifications de capacités qui ne cessent de survenir au sein de notre clan. Chaque modification est considérée comme une amélioration de notre espèce, la chance de voir apparaître une descendance plus résistante, plus intelligente. Ces modifications sont notre point fort. Elles sont directement liées à l'instabilité de notre patrimoine génétique, ce qui permet notre adaptabilité. Grâce à elle, nous sommes capables de changer d'apparence et d'échapper ainsi à toutes leurs stratégies de défense. Tu as raison, Ghisa, ce n'est qu'un de nos innombrables bénéfices ! À la vitesse de cette évolution, nous donnons en permanence naissance à des individus plus adaptés à l'environnement sélectif dans lequel nous avons à survivre et à nous développer, dont seuls les plus performants arrivent à engendrer une descendance à leur tour. Cette sélection aboutit évidemment à une optimisation de notre race et de nos performances. C'est de cette adaptabilité qu'est née notre aptitude à secréter des enzymes capables de détruire les obstacles qui auraient dû nous condamner à rester toute notre vie au même endroit. Y naître, y vivre et y mourir. À part les surveillants qui devaient, eux, circuler pour défendre l'intégrité territoriale face aux intrus. Nous avons acquis cette capacité incroyable de nous déplacer en creusant, grâce à des substances chimiques dont nous avons découvert les secrets de fabrication, de minuscules tunnels. Très vite, ce pouvoir est devenu un besoin vital pour trouver la nourriture nécessaire à notre descendance, de plus en plus nombreuse. La maîtrise de ces techniques de percement nous a permis d'envoyer des membres créer d'autres communautés plus loin, dans de nouveaux espaces, en quête de nouvelles ressources énergétiques. »

Hanna connaît le secret de ces enzymes perforantes. Elle les a déjà utilisées à plusieurs reprises au cours de son existence. Elle va de nouveau s'en servir, évitant ainsi le risque beaucoup trop grand aujourd'hui de se déplacer par les grands canaux de circulation.

Elle cherche d'abord à s'orienter, afin de percer dans la direction qui lui permettrait d'atteindre cette zone plutôt tranquille qu'elle a eu l'occasion de traverser quelque temps auparavant. Dès qu'elle sera sûre de la direction à prendre, elle lancera le mécanisme de fabrication, et très vite, les premières gouttes d'enzymes perforantes seront disponibles.

Elle les projettera avec précision, comme un jet d'acide corrosif, vers la muraille face à elle. En quelques minutes, celle-ci se fissurera et laissera apparaître un orifice à peine assez grand pour elle. Elle continuera en silence son travail, creusant son chemin dans l'épaisseur des murs successifs qu'elle rencontrera. Elle se déplacera avec difficulté, autant du fait de l'étroitesse du conduit qu'en raison de ses blessures qui, à chaque mouvement, déclencheront d'insoutenables souffrances. Mais elle continuera.

Au bout de plusieurs heures qui lui sembleront interminables, elle constatera, satisfaite, qu'elle aura parcouru l'essentiel du chemin qui la séparait de sa cachette. Elle se reposera un instant, émerveillée, comme chaque fois, par l'étendue de ses pouvoirs.

« Oui, mon plan est parfait, si je l'exécute à la virgule près. »

Hanna n'a qu'une idée en tête : se venger. Elle sait qu'elle va trouver un coin tranquille où les surveillants passent rarement. Une zone peu peuplée où, à un rythme régulier, des vents puissants soufflent et provoquent un sifflement qu'aucun individu ne supporterait longtemps.

Elle, elle supporte tout. Elle n'a pas le choix. C'est là qu'elle va attendre sa guérison, puis donner naissance à ses enfants et reconstituer une communauté à partir de laquelle elle lancera une offensive générale. Et cette fois, elle gagnera.

Le combat ! Elle est faite pour ça : faire la guerre et engendrer des guerrières. Mais comment survivre assez longtemps pour être de nouveau en état de se battre ?

Il ne faut pas qu'elle se laisse envahir par le doute. Or la solitude dans laquelle elle se trouve depuis des jours et des jours la rend vulnérable au doute. Et ça, dans sa situation, c'est dramatique. Si seulement une autre combattante de son clan avait pu survivre, cachée, comme elle, quelque part au milieu de la multitude de leurs ennemis. Et si... Hanna décide d'envoyer un message. On ne sait jamais. Si elle ne tente rien, elle restera seule. Ensemble, elles auront plus de chances de s'en sortir.

# 13

Axelle avait presque quatre ans lorsque Esther a découvert qu'elle était de nouveau enceinte. À trente-quatre ans, cette annonce inattendue l'a rendue folle de joie. Avec Sam, ils avaient évoqué la possibilité d'un deuxième enfant, mais ils n'essayaient pas vraiment, comme on dit. Cette grossesse improvisée, c'était un signe que c'était le bon moment, elle en était sûre. Elle était si heureuse ! Elle se voyait déjà prendre le temps de s'occuper de cet enfant, ce qu'elle n'avait pu faire avec Axelle. Elle avait été frustrée de ne pouvoir profiter plus de sa fille. La culpabilité de ne pas jouer pleinement son rôle de mère l'avait souvent traversée et avait rendu cette période censée être heureuse compliquée pour Esther.

Cette fois-ci, elle était bien décidée à s'occuper elle-même de son bébé. Tout était plus facile désormais : non seulement elle gagnait maintenant très correctement sa vie, mais elle pourrait envisager de laisser

Paul seul aux commandes le temps de pouponner les premiers mois après la naissance. Elle pourrait se permettre de prendre du recul par rapport au travail.

Sam, en revanche, avait été un peu inquiet de cette nouvelle grossesse. Leur vie commençait enfin à se stabiliser. Une naissance ne risquait-elle pas de tout chambouler ? Mais Esther rayonnait de bonheur. Épanoui dans son travail d'architecte et dans sa vie conjugale, il s'attacha à oublier ses craintes. Esther avait raison : ils n'avaient aucun problème d'argent, et leur vieil atelier montmartrois était suffisamment spacieux pour accueillir un deuxième enfant. Et puis, cette grossesse arrivait un peu moins d'un an après le décès accidentel des parents d'Esther, qui l'avait laissée inconsolable de longues semaines. C'était la bonne nouvelle qu'ils attendaient, la promesse du bonheur tant espéré.

Les neuf mois de grossesse furent un long moment de plénitude. Esther n'eut presque aucune nausée, fut peu fatiguée, et put aménager son emploi du temps professionnel pour bénéficier d'un accompagnement personnalisé. Paul était si heureux de devenir à nouveau tonton qu'il la poussait à prendre soin d'elle.

Elle réussit à convaincre Sam de suivre des cours d'haptonomie, ce qu'elle n'avait pu faire pour Axelle. Elle fut suivie par un acupuncteur, qui lui promit de préparer le terrain pour un accouchement par voie basse. Esther ayant subi une césarienne, son utérus était désormais fragilisé par une cicatrice ; à la moindre complication, ou si le bébé se présentait par le siège par exemple, une nouvelle césarienne serait pratiquée. Mais Esther avait toute confiance en son acupuncteur ; elle sentait que cette délivrance serait différente.

Très entourée, plus sereine, elle ne pensait qu'à préparer la chambre, et dès qu'elle sut qu'elle attendait une petite fille, elle transforma le bureau en une bonbonnière rose layette. Amusé, Sam observait sa femme, si indépendante et si avant-gardiste quand qu'il s'agissait de son entreprise, devenir incroyablement conventionnelle dans ses choix de décoration.

Esther accoucha à la fin de l'été. Autant le premier accouchement avait été long et laborieux, autant le second se passa tout en douceur. Manon vint au monde en un temps record et sans créer le moindre problème. Jamais Esther ne pourrait oublier le premier instant où elle la prit dans ses bras, bouleversée par sa beauté, la finesse de ses traits, leur délicatesse, la perfection de ses minuscules mains. Quant à Sam, lorsqu'il découvrit la petite, il tomba immédiatement sous le charme et se dit, lui qui n'était pas croyant, que ses enfants étaient un cadeau du ciel.

## 14

Le cauchemar débuta quelques semaines après la naissance de Manon. Esther l'allaitait et ses mamelons étaient très douloureux au moment des tétées. Les premiers jours, elle se dit que c'était normal ; Manon avait bon appétit et lui laissait peu de répit. Elle avait surfé sur Internet, tenté de se soulager avec des crèmes et des remèdes de grand-mère glanés çà et là. Mais la douleur devint telle qu'elle ne put plus donner le sein. Elle se décida à consulter son gynécologue.

Au comble du bonheur, Esther se rendit confiante au cabinet de son médecin. Elle confia Manon à Nathalie, la nounou, qui travaillait toujours pour eux. Dans la salle d'attente, elle faillit s'assoupir ; elle s'amusa du fait qu'elle était désormais capable de s'endormir n'importe où tant elle était épuisée par moments. « Mais ça vaut tellement le coup », se disait-elle chaque fois que la fatigue la cueillait. Après être entrée dans le cabinet de son médecin et avoir échangé des banalités sur les joies de sa nouvelle maternité, elle se déshabilla, tout en continuant de bavarder. Jusqu'à ce qu'elle remarque une lueur de malaise dans le regard du gynécologue quand il ausculta son sein gauche. Il lui demanda depuis quand étaient apparues les douleurs, si elle avait remarqué la voussure près de son aisselle, son aspect de peau d'orange rougie. Esther sentit soudain une bouffée de chaleur monter en elle, et son cœur s'affoler. Ce regard, ces questions, ce n'était pas normal. Les douleurs non plus. Il se passait quelque chose.

Le médecin poursuivit l'examen, mais son attitude changea. On aurait dit qu'une distance s'était installée entre eux. Il palpa l'autre sein, puis ses deux aisselles. Et, d'une voix qu'il tenta de rendre rassurante, il évoqua l'hypothèse d'un abcès mammaire, qui, disait-il, arrivait fréquemment en cours d'allaitement. Ou d'un foyer de mastose bénigne. Il n'en demeura pas moins qu'il lui obtint un rendez-vous pour une mammographie et une échographie dès le lendemain et, dans la foulée, une ponction de la tumeur dans un cabinet spécialisé.

Esther quitta le cabinet dans un état second. Dans le taxi qui la ramenait chez elle, elle était partagée entre l'envie de continuer d'espérer que cette grosseur n'était qu'un terrible malentendu et la peur sournoise, lancinante, que sa vie soit en train de basculer.

Lorsqu'elle fit le compte-rendu du rendez-vous à Sam, le soir venu, elle n'avoua rien de ses craintes. Sam, lui, essayait de toutes ses forces de rester confiant ; il refusait d'envisager le pire, car le pire ne se produirait pas. Il lui promit de l'accompagner à chacun des rendez-vous. Ils affronteraient cette situation ensemble, comme ils l'avaient toujours fait.

Le sourire aux lèvres mais la boule au ventre, Esther se rendit à chaque convocation, à chaque examen, avec son mari. Plus les jours passaient, plus elle perdait son enthousiasme et sa confiance en elle. Elle pensait à ses filles, si petites. Elle avait enfin trouvé comment être mère, le juste équilibre entre sa vie de femme et sa vie de maman. Le sort ne pouvait pas lui jouer ce tour-là.

Moins d'une semaine plus tard, le diagnostic tomba.

Esther et Sam se présentèrent ensemble chez le gynécologue. C'est main dans la main qu'ils écoutèrent le médecin énoncer le verdict : la tumeur dans le sein d'Esther était cancéreuse. Le médecin ne souhaita pas leur en dire plus, n'étant pas oncologue, mais leur confia qu'il fallait agir, et vite. Il avait déjà parlé du cas d'Esther à un de ses amis cancérologues, le docteur Amos, qui lui proposait un rendez-vous deux jours plus tard.

En état de sidération, Esther resta silencieuse un long moment après être sortie du cabinet du gynécologue. Sam tenta de la rassurer, en vain. L'angoisse commença son travail de sape et s'insinua lentement mais sûrement dans le cerveau d'Esther. La colère aussi : elle ne laisserait pas cette tumeur malmener sa famille.

De retour chez elle, elle s'occupa des filles comme si de rien n'était. Une fois les deux couchées, elle s'isola pour consulter Internet. Elle voulait comprendre le sens du verdict inscrit sur le compte-rendu du prélèvement. Ce qu'elle y trouva fut sans appel : non seulement la tumeur était cancéreuse, mais agressive. Le combat qui l'attendait serait une lutte à mort dont il n'y aurait qu'un seul vainqueur. Elle n'avertit pas Sam de ses recherches ; elle préférait ne pas l'inquiéter. En réalité, le crabe commençait son sale boulot : isoler ceux sur qui il jetait son dévolu.

Dans les jours qui suivirent l'annonce, Esther donna le change auprès de Paul, de ses salariés, de ses enfants. Et même de Sam. Mais elle ne pouvait s'empêcher de penser à la suite : quel traitement ? Quelles possibilités de guérison ? Quelle espérance de vie ? Elle prit aussi une décision, « la première du reste de ma vie », comme elle se le disait à elle-même :

elle irait au rendez-vous chez le docteur Amos seule. Pour une raison qu'elle ne s'expliquait pas, elle voulait préserver son mari le plus longtemps possible de ce qui allait arriver. Elle lui apprit la veille, lors du dîner. Pour la première fois depuis leur rencontre, Sam s'emporta contre sa femme. Il ne comprenait pas ce choix, il voulait être là pour elle. Elle usa de tous les arguments pour le convaincre. Il accepta à contrecœur, mais lui fit promettre de tout lui raconter à sa sortie. Ce qu'Esther s'engagea à faire dès la porte du cabinet franchie.

Le jour J, Esther se présenta à la clinique où exerçait le docteur Amos. Après s'être enregistrée auprès de la secrétaire médicale, elle patienta en salle d'attente. Durant le quart d'heure qu'elle passa dans cette petite pièce chaleureuse et décorée avec goût, elle vit passer plusieurs femmes le crâne chauve ou coiffées d'un foulard, le teint blafard et les yeux creusés. « Bientôt, ce sera mon tour », se dit-elle, une boule d'angoisse dans la gorge.

Soudain, la porte face à elle s'ouvrit. Un homme aux cheveux blancs coupés court, la soixantaine, le regard bienveillant et vêtu d'une blouse blanche, lui demanda de le suivre. Immédiatement, l'homme lui inspira confiance. Après les questions d'usage, il lui indiqua l'endroit où se dévêtir afin qu'il procède à l'examen clinique.

Plus que tout, Esther fut frappée par la beauté et la force des mains du médecin. Lors de l'auscultation, elles allaient et venaient sur ses seins avec un mélange inouï de chaleur et de puissance, lui donnant le sentiment d'être totalement prise, encerclée, enserrée, comme un oiseau fragile entre les paumes de son sauveur. Elle se sentit en confiance. Elle eut l'impression de lui confier sa maladie, que lui seul pourrait l'en débarrasser. Un lien très fort se tissa aussitôt entre eux.

Le médecin lui détailla la procédure : il allait l'opérer pour retirer la tumeur et les ganglions lymphatiques situés sous le bras gauche, les ganglions dits sentinelles. Puis une série de séances de chimiothérapie serait sans doute nécessaire. Tout dépendrait de l'état de ces fameux ganglions, qui serait déterminé durant l'intervention. Leur envahissement par des cellules cancéreuses signifierait la généralisation du cancer, et le risque dans ce cas que des cellules malignes contaminent d'autres organes, comme les os, les poumons ou le foie. Une dissémination invisible à ce stade aurait des conséquences redoutables. Les cellules malignes prenaient leur temps pour se multiplier et pouvaient provoquer une rechute sous la forme de métastases plusieurs mois, voire plusieurs années après la découverte de la tumeur primaire.

Le docteur posa les mains à plat sur son bureau et

son regard se riva à celui d'Esther. Sa voix se fit plus douce lorsqu'il lui expliqua que c'était précisément pour tenter de nettoyer ces éventuelles cellules invisibles qu'il pourrait s'avérer nécessaire de faire circuler dans son corps des cocktails de médicaments anticancéreux : la fameuse chimiothérapie, ainsi qu'une succession de séances de radiothérapie.

Une fois sortie du cabinet, Esther se sentit rassurée. Tandis que Sam, venu la chercher, la ramenait à la maison en voiture, elle se dit que le médecin maîtrisait la situation, et que, peut-être, ce n'était pas si grave.

# 15

Comme on lance une bouteille à la mer, Hanna répand autour d'elle des messages chimiques que seuls les membres de son clan peuvent lire. Ces molécules circuleront, invisibles, le long des grands canaux jusqu'à ce qu'une de ses sœurs les détecte.

Cette méthode efficace a déjà fait ses preuves par le passé. Il suffit pour l'émetteur du signal de disposer de la recette de fabrication secrète de ces substances et, pour les autres, de posséder les récepteurs propres à ces molécules pour les recevoir et décoder le message.

Son clan a développé toute une série de couples « messager-récepteur », chacun d'entre eux étant très spécifique et porteur d'un signal particulier : des messages d'alerte lorsque les guetteurs détectent une attaque ennemie, ou d'accélération, ou au contraire de ralentissement, voire d'arrêt complet du rythme des naissances, en fonction de la quantité de ressources disponibles.

Hanna s'en remet à sa chance, avec l'espoir qu'il existe encore quelqu'un, quelque part, pour s'en apercevoir et lui répondre. Si l'esprit de Rhodan est avec elle, une ou plusieurs autres membres de son espèce sont là, quelque part, prêtes à lui faire signe à leur tour.

Hanna songe aux fastes du passé, à toutes ses sœurs guerrières qui donnaient naissance à une multitude de soldats, tous plus puissants, plus méchants, plus intelligents que leur génitrice. De nouveaux mutants apparaissaient, faisant évoluer leur espèce vers une suprématie enfin incontestée, vers une invincibilité définitive.

Tous ses récepteurs activés, réglés sur les seuils de détection les plus infimes, elle attend, cicatrisant lentement ses blessures grâce à l'énergie qu'elle a trouvée dans ce repas inespéré.

Au fil des heures, elle imagine toutes les petites molécules qu'elle a répandues, et qui à présent circulent dans les coins les plus reculés, portant son message de détresse. Adossée contre la paroi d'un canal, elle vit au rythme du flux qui s'y écoule.

Elle peut presque en sentir l'odeur. Ce liquide, c'est la source de toute vie, celle des siennes autant que celle de ses ennemies. Et le contrôle des canaux donne à ceux qui le possèdent le pouvoir absolu. C'est lui qui contient tout ce dont tous ont besoin. Il est la source de l'énergie vitale.

Comme celles de son clan, elle possède les outils nécessaires pour provoquer une brèche dans la paroi du canal qui se trouve derrière elle. Elle pourra ainsi refaire, grâce à lui, son plein de nourriture et d'énergie. Mais Hanna sait aussi qu'il ne faut surtout pas qu'elle le fasse. La moindre fuite serait immédiatement détectée par les agents de surveillance. Non, même si elle en a très envie, elle ne le fera pas. Pas maintenant. Pas affaiblie comme elle l'est, incapable de filer avant l'arrivée des réparateurs.

Pour lutter contre cette irrésistible envie, elle se force à penser à Ghisa, sa sœur jumelle. Au bonheur de leur naissance simultanée, à la joie d'avoir une sœur aussi merveilleuse. Elle se souvient encore de sa première image d'elle. Elle est restée gravée dans sa mémoire. Dès que Hanna a été en mesure de communiquer avec Ghisa, elle a été séduite par la finesse, la subtilité de sa personnalité.

Même si elles sont censées être en tous points identiques, ayant hérité du même patrimoine génétique, des différences sont apparues très rapidement dans leurs comportements. Différences invisibles à un œil inexpérimenté.

Hanna, elle, a tout de suite senti combien sa sœur

était plus douce, plus lente aussi dans ses mouvements. Ghisa était incroyablement ouverte sur le monde extérieur. Tout ce qu'il se passait autour d'elle, et même au-delà, l'intéressait. Elle était avide des nouvelles qui lui provenaient de toutes parts, écoutant les conversations des membres du clan autant que celles de leurs ennemies. D'ailleurs, elle ne parvenait pas à considérer ces étrangères comme une menace et avait tendance à prendre des risques vraiment inutiles. Hanna soupire en se souvenant que Ghisa refusait d'admettre qu'une lutte à mort avait commencé il y a bien longtemps entre leur espèce et les autres pour le contrôle du territoire.

Qu'elle était belle avec ses longs membres graciles. « Bien plus que moi, se dit Hanna. Je suis vigoureuse et brutale. Je suis étrangère à toutes ces subtilités qui caractérisaient ma sœur. » Hanna enviait la délicatesse de Ghisa, elle qui avait développé, dès sa naissance, de formidables capacités à se battre, à tuer, à se déplacer sans jamais éveiller le moindre soupçon. Elle était animée d'une agressivité qui forçait l'admiration de leur mère. Celle-ci connaissait parfaitement les enjeux de cet interminable conflit, qui les engageait, génération après génération.

C'est pour cela qu'elle a enfoui au plus profond d'elle l'envie de ressembler à sa sœur. Elle n'en a simplement pas le droit. Elle est une arme de guerre, une des meilleures combattantes qui aient jamais existé. Elle se battra jusqu'au bout !

Mais dans cette étouffante solitude, elle repense à Ghisa avec tendresse, avec indulgence. Et si elle avait eu raison ? Et s'il n'était pas nécessaire de tuer pour survivre ? Si une autre voie existait, qui pourrait être choisie pour mener à une négociation et un partage pacifique du territoire et des ressources ?

Soudain, un récepteur situé sur son côté droit reçoit un message.

# 16

Huit jours après son rendez-vous, Esther fut opérée en ambulatoire par le docteur Amos. Elle avait souhaité en dire le moins possible à Axelle : elle lui expliqua que maman devait s'absenter pour soigner un gros bobo et qu'elle serait de retour le soir même, avec un gros pansement. Sa fille n'eut pas l'air de s'en émouvoir, et l'embrassa furtivement sur la joue avant de courir retrouver ses copines de classe. Esther, elle, fut envahie d'une émotion si forte en voyant sa petite fille adorée s'avancer insouciante vers la cour de l'école qu'elle dut chausser ses lunettes de soleil pour ne pas craquer.

Sam l'accompagna jusqu'à la clinique. Dans la voiture, le silence entre eux était pesant. Esther regardait par la vitre passager, tandis que l'autoradio diffusait des infos en continu. Soudain, Sam mit son clignotant et s'arrêta sur le bas-côté. Il prit sa femme dans ses bras et lui chuchota à l'oreille : « On va s'en sortir ensemble, je te le promets. Pour le meilleur et pour le pire. »

Une fois enregistrée à l'accueil, Esther fut prise en charge par l'équipe médicale. Elle fut touchée par la gentillesse et la bonne humeur communicative des infirmières. Quand elle fut allongée sur le brancard, prête à être emmenée vers le bloc opératoire, le docteur Amos vint la saluer. Il lui expliqua les grandes lignes de la procédure en lui serrant la main d'une poigne ferme et assurée. « Décidément, ces mains sont incroyables », se dit une nouvelle fois Esther avant de descendre en salle d'opération.

Lorsqu'elle émergea de l'anesthésie, elle avait été emmenée en salle de réveil. L'infirmière prit ses constantes, puis l'informa que le docteur Amos viendrait lui faire le compte-rendu de l'opération quand elle serait montée dans sa chambre. Esther supportait assez mal les anesthésies et luttait contre une forte envie de vomir en se concentrant sur sa respiration. La nausée s'estompa peu à peu, laissant place à l'angoisse : pourvu que le chirurgien lui annonce de bonnes nouvelles.

Son espoir fut de courte durée. Contre toute attente, non seulement le docteur Amos avait dû ôter une partie du sein plus grande que ce qu'il avait envisagé au départ, mais tous les ganglions analysés se révélèrent massivement envahis, rendant la chimiothérapie inévitable. Esther écouta la suite du discours du médecin dans une sorte de brouillard nauséeux. « Tumeur », « ganglions », « chimiothérapie », « ablation » : elle était catapultée dans un monde inconnu qui la terrifiait. Elle avait toujours eu le choix du chemin à prendre, de la voie à suivre. Aujourd'hui, son avenir ne lui appartenait plus. Le cancer était seul maître à bord. Et cette pensée la tétanisa.

Le soir de l'intervention, une fois les filles endormies – Axelle avait absolument voulu voir le « bobo de maman » avant d'aller se coucher –, Sam tenta de percer la carapace de silence dans laquelle sa femme s'était réfugiée depuis sa sortie du bloc opératoire. En vain : Esther prétexta une grande fatigue et monta se coucher. Pourtant, elle ne trouva pas le sommeil avant de longues heures. Gênée par le bandage et la douleur malgré les antalgiques, elle ne put empêcher les images de ce corps qu'elle devinait désormais mutilé d'assaillir son esprit. Elle s'endormit au petit matin, les yeux humides, à bout de forces.

La pose du cathéter, par lequel serait injecté le produit anticancéreux, sous anesthésie locale, quelques jours plus tard, fut une terrible épreuve pour Esther. Une fois allongée sur la table dans le bloc opératoire, elle ne put retenir ses larmes : cette fois, c'était bien réel, elle allait subir cette satanée série de perfusions qui détruiraient peut-être les cellules malignes, mais la rendraient plus malade que son propre cancer. Elle allait perdre ses cheveux, ses sourcils, ses cils... Comment allait-elle supporter le regard des autres ? Des filles, de Sam ? Son reflet dans la glace ? Allait-elle mourir ? Les infirmières la réconfortèrent : son attitude était tout à fait normale, d'après elles, et même si chaque femme réagit de façon différente, nombreuses étaient celles qui pleuraient à ce moment précis.

Très vite, le traitement fut mis en place, à raison d'une séance de perfusion tous les vingt et un jours à l'hôpital. Chaque chimio prenait une demi-journée. Dès le lendemain de la première chimiothérapie, Esther comprit que les effets secondaires du traitement seraient le plus difficile à supporter : elle était harassée de fatigue, nauséeuse. La nuit, elle souffrait d'insomnie, et somnolait quasiment toute la journée suivante. Elle n'arrivait plus à assumer son rôle de mère comme elle l'aurait voulu auprès de Manon, l'abandonnant à Sam. Cette incapacité à prendre soin de son bébé la rendit irascible. Souvent, elle s'emportait contre son mari sans raison apparente, juste parce qu'elle lui en voulait d'être en assez bonne santé pour pouvoir nourrir, bercer Manon. Elle s'occupait aussi moins d'Axelle, qui devint difficile, agressive, surtout vis-à-vis de sa jeune sœur qu'elle rendait responsable de l'état de sa mère. Esther avait le cœur doublement brisé.

Au bout de la deuxième chimiothérapie, la jeune femme commença à perdre ses cheveux. Elle laissait chaque matin des poignées brunes dans le lavabo de la salle de bains. Elle décida alors de prendre les devants : elle se rendit chez son coiffeur qui lui proposa une coupe très courte, laquelle lui plut tout de suite. Sam eut un très léger mouvement de recul lorsqu'il rentra le soir à la maison, mais lui assura qu'elle était « absolument sublime » – « tu ressembles à Natalie Portman dans *V comme Vendetta* ». Quant à Axelle, elle se mit à pleurer parce que « les mamans, ça a les cheveux longs, pas une coiffure de garçon ! ». Esther eut la présence d'esprit de lui glisser, comme un secret, à l'oreille, que c'était en fait un stratagème pour qu'ils repoussent encore plus beaux et encore plus longs. Axelle prit l'explication pour argent comptant et sécha ses larmes. Rapidement, le crâne d'Esther devint lisse, et elle opta pour un foulard noué sur la tête. Sam avait beau lui répéter que cette nouvelle coiffure lui allait à merveille, elle eut le temps de lire dans ses yeux toute la détresse de son mari.

Pendant les six mois de chimiothérapie, puis les six semaines de rayons qui suivirent, Sam tint à bout de bras toute la famille. Il fit de son mieux pour combler le vide laissé dans le foyer par sa femme malade. Elle qui était si solaire, si présente, si joyeuse, était devenue au fil des jours l'ombre d'elle-même. Il ne dit jamais rien de ses angoisses de ce qu'ils deviendraient, lui et les filles, si jamais Esther venait à… Il refusait de prononcer le mot. Il ne lui montra jamais la peur que lui inspirait son corps mutilé par cette somme invraisemblable de souffrances. Quant à Esther, elle ne se plaignit jamais, essayant, dès que sa santé le lui permettait, d'offrir à sa famille autant de temps que possible.

Avec le printemps, le retour des beaux jours et la fin des traitements, dont on ignorait cependant encore s'ils avaient été efficaces, l'espoir reprit ses droits dans la vie d'Esther et autour d'elle, dans sa famille : ses cheveux repoussèrent, son énergie revint. Elle passait de plus en plus de temps à s'occuper des filles, de la maison, jusqu'au moment où elle put enfin reprendre le travail. Comme si de rien n'était, ou presque.

Esther était tellement heureuse de pouvoir redevenir la mère qu'elle avait envie d'être qu'elle redoublait d'affection et d'attention vis-à-vis de ses deux filles, qui le lui rendirent au centuple. Tout sembla reprendre sa place.

Tout, sauf la longue cicatrice qui barrait le côté gauche de son thorax. La reconstruction mammaire avait bien sûr été envisagée, mais pas avant plusieurs mois. Et puis, tout au fond d'elle-même, tant qu'elle n'aurait pas passé le cap de ces fameux cinq ans de rémission dont lui avait parlé le médecin, Esther se sentirait en sursis.

# 17

Allongée sur le côté, Esther a les yeux grands ouverts dans l'obscurité. Cela fait des heures qu'elle essaie en vain de s'endormir. Malgré les volets fermés, elle devine à la noirceur des interstices qu'il doit être 4 ou 5 heures. Elle calcule le nombre d'heures d'insomnie. Trois au moins. Elle sera donc épuisée dès le début de l'après-midi. Comme tous les jours depuis que cette saleté de maladie est revenue dans sa vie.

Elle se demande combien de temps un être humain peut vivre en dormant si peu. Elle se retourne le plus délicatement possible pour ne pas réveiller Sam, qui dort d'un sommeil lourd et profond. Elle entend son souffle régulier. Sa présence la rassure tant ! Comment aurait-elle pu traverser toutes ces épreuves sans lui ? Comment aurait-elle pu résister à toutes ses angoisses ? Sans lui, elle n'aurait jamais survécu à cette épreuve. Elle aurait été incapable de trouver la force de se battre, d'affronter jour après jour la maladie, la douleur et la peur. C'est lui qui l'a maintenue en vie. Elle y pense, son visage à quelques centimètres du sien, et sourit.

Mais la machine infernale se remet soudain en route. Des pensées tourbillonnantes chuchotent dans sa tête. Ses « courage, mon amour », ses « il faut que tu tiennes bon » et tous ces mots prononcés jour après jour ne sont plus aujourd'hui que des aiguilles qui lui perforent le cœur. Quand la nausée la transperce si fort, certains jours, qu'elle a envie d'en pleurer, quand la chimio a anéanti ses défenses immunitaires et qu'Esther est clouée au lit avec 40 °C de fièvre, frissonnante bien qu'en sueur, incapable d'aligner deux pensées cohérentes, que peuvent bien changer ses « ça va passer, tu verras » ?

Esther s'en veut. Elle sait qu'elle est injuste. Que Sam fait de son mieux pour la soutenir. Qu'il donnerait sa vie pour elle. Elle lui caresse le visage. Bien sûr que les encouragements, les marques d'amour ne changent rien à la souffrance, mais comme il est bon de le sentir à ses côtés pour affronter les incertitudes et les doutes, le désespoir et la mort qui rôde. Sans Sam, elle n'y serait probablement jamais parvenue.

Elle se retourne et serre les genoux contre son ventre, guettant par la fenêtre les premières lueurs du jour. Elle songe à la consultation de contrôle avec le docteur Amos, à la clinique, cinq mois plus tôt. Bientôt trois ans qu'elle était en rémission de son cancer du sein. Trois ans ! À l'époque, lorsque le médecin lui avait annoncé que la chimiothérapie et les rayons étaient terminés, qu'elle n'aurait plus qu'un traitement hormonal à prendre pendant cinq ans, elle n'y avait d'abord pas cru. Elle ne s'en était ouverte à personne, même pas à Sam, mais une voix au fond d'elle ne cessait de lui répéter : « Tu es en sursis, cette rémission ne durera pas. Avant la fin de ces cinq ans, tu seras morte. » Elle en était intimement persuadée.

Et puis, de consultation de surveillance en consultation de surveillance, une tous les six mois, elle s'était laissé convaincre. Peut-on vivre avec l'idée, tous les matins en se levant, que le cancer va réapparaître ? Peut-on prendre ses enfants dans ses bras en se disant chaque fois qu'on ne les verra pas grandir ? Non, c'est invivable. Alors, avec le temps, elle avait fini par y croire, par accepter l'hypothèse de sa guérison. Son cancer avait peut-être été complètement et définitivement éradiqué.

Quand, ce jour-là, après trois ans de rémission, elle s'était présentée à son rendez-vous semestriel, elle avait le cœur léger. Même si par superstition, comme chaque fois, elle avait refusé de lire le résultat de ses examens – prise de sang, imageries des poumons et échographie du ventre –, comme pour se persuader que, cette fois encore, le docteur Amos lui dirait que tout était normal, qu'elle n'aurait qu'à continuer de prendre tous les matins son comprimé d'hormonothérapie. Sauf que ce jour-là, le regard du docteur Amos, au moment où il prit connaissance des résultats de son bilan, fit de nouveau basculer le monde si rassurant qu'Esther avait réussi à reconstruire, doucement, jour après jour, autour d'elle, dans l'abîme.

« Trois ans... C'est tout ce que la maladie a accepté de m'offrir. Trois minuscules petites années. »

*Les examens ne sont pas parfaitement normaux, cette fois...*

Esther se remémore le ton d'Amos, sa tentative dérisoire d'être rassurant. Mais elle avait compris dès le moment où il avait posé les yeux sur les comptes-rendus d'analyses. Et puis, il mettait trop de temps à répondre aux questions, il était si lent... « Tandis que moi, j'avais éperdument besoin de réponses immédiates aux questions qui me torturaient l'esprit, se souvient-elle. Allais-je mourir cette fois ? Comment mes enfants grandiraient-elles sans moi ? Est-ce que ça fait mal, la mort ? »

Esther suppliait intérieurement le docteur Amos de lui répondre. Lui, parlait du foie, de métastases. Elle avait envie de hurler, de vomir. De fuir.

Glacée, Esther se colle à Sam, qui bouge un peu, mais continue de dormir. Et ce silence dans la pièce...

Comme il semble loin du tumulte qui régnait dans sa tête le jour où Amos lui avait annoncé sa rechute. Elle se rappelle ses mots simples. Tranchants. Insoutenables. Elle se souvient aussi de n'avoir pas osé lui dire que, malgré tout le soin qu'il mettait à être le plus clair possible, elle ne comprenait rien aux explications qu'il lui donnait. Sans doute le savait-il, lui, avec toute son expérience. L'essentiel, en revanche, elle l'intégra parfaitement : il allait falloir reprendre la chimiothérapie.

– Mais pourquoi on ne retire pas les métastases ? On m'a bien enlevé un sein, alors pourquoi pas un bout de foie ?

Le médecin avait soupiré avant de répondre en secouant la tête :

– Non. Malheureusement, on ne peut pas. L'échographie montre qu'il y a des métastases dans tout votre foie, et qu'il est impossible de les retirer toutes. Votre foie deviendrait une sorte de gruyère suisse.

– À ce point-là ? Mais combien y en a-t-il ?

– Le nombre importe peu, Esther, simplement il y en a plusieurs, et c'est ça qui rend la chirurgie impossible.

Terrifiée, elle se souvient d'avoir répété dans sa tête « Merde, merde, merde, c'est pas bon, tout ça… » à l'infini, incapable de cesser cette litanie. La panique s'était emparée de son esprit. Elle flirtait avec le bord d'un gouffre et essayait désespérément de ne pas y tomber.

– Esther, on obtient aujourd'hui de très bons résultats avec la chimiothérapie…

Qu'elle déteste ce mot ! Elle avait espéré ne plus jamais l'entendre et s'était désormais interdit de le prononcer. Mais Amos l'avait lâché comme un fauve affamé sur sa proie. Et Esther était cette proie. Prise au piège.

« Je ne pourrai pas. Je n'y arriverai pas. Il y a forcément une autre solution, une alternative. » Esther avait senti la révolte monter en elle : non, elle refusait de supporter de nouveau les nausées, la fatigue extrême, la perte de ses cheveux. Elle n'accepterait pas de redevenir l'ombre d'elle-même, au point de ne même plus pouvoir être la mère de ses filles, la femme de son mari. Vivre dans ces conditions n'en valait pas la peine. Maintenant qu'elle savait à quoi s'attendre, elle n'irait pas.

– Et si je refuse de la faire ? Il n'y a pas un autre traitement possible ? Des comprimés d'hormones comme ceux que je prends depuis trois ans ?

Pourquoi les a-t-elle pris d'ailleurs, ces fichus comprimés, puisqu'ils n'ont pas été capables d'empêcher la réapparition de la maladie ? Elle a pourtant été attentive à ne jamais les oublier. Pas un seul jour. Fichu tamoxifène ! Pour ce qu'il a servi…

Le médecin avait secoué la tête de nouveau.

– Chez vous, les hormones ne sont pas suffisamment efficaces. Vous êtes jeune, la chimiothérapie a plus de chances d'arrêter le développement des métastases.

Esther avait à peine écouté la réponse du médecin. Une colère sourde était montée en elle. Elle lui avait fait confiance, elle avait obéi sans broncher, malgré les douleurs et la souffrance insupportables, et voilà que maintenant il lui annonçait que non seulement elle avait enduré tout ça pour rien, mais qu'il fallait qu'elle recommence ? C'était hors de question.

Que sait-il, lui, bien installé derrière son bureau en acajou, de l'horreur de la chimiothérapie ? C'est facile, pour lui, d'ordonner ces séances de torture, mais que connaît-il de ce qu'elle, Esther, doit subir ? Esther se dit qu'elle déteste plus son médecin que son cancer. « Au moins, lui, je pourrais le frapper, lui arracher les yeux, alors que mon cancer, mon petit cancer à moi, il est invisible, paisiblement tapi dans mes organes… Pourquoi ne me laisse-t-il pas tranquille ? Qu'est-ce que j'ai bien pu faire pour mériter ça ? »

Cette question, Esther ne peut s'empêcher de se la poser. Elle sait pourtant qu'elle n'a aucun sens, mais elle revient comme un boomerang. Insidieuse, sournoise, cruelle. Comme si la maladie choisissait ses victimes ! Toutes ces cellules cancéreuses, là, nichées dans son foie, pourquoi n'acceptent-elles pas de disparaître gentiment ? « J'ai joué le jeu, pris les traitements, fait tout ce qu'on attendait de moi, alors pourquoi cet acharnement ? »

Le jour commence à se lever et les meubles dans la pièce à reprendre peu à peu leur place quand Esther s'endort enfin.

# 18

Hanna sent soudain une vive émotion la traverser. En une fraction de seconde, tout son organisme est plongé dans un état d'excitation intense. L'information se diffuse dans chaque recoin de son corps. Elle n'en revient pas. Un message ! Elle a enfin reçu un signe d'une des siennes. Elle n'est plus seule. C'est un miracle !

Il faut que Hanna sache ce qui est écrit, l'attente a été si difficile à supporter. Alors elle décrypte à toute vitesse… Quelque part, à quelques pas d'elle ou à l'autre bout du monde connu, un membre de son clan est vivant. Comme elle ! C'est la fin du cauchemar, de la solitude, de la peur !

À deux, tout redevient possible. Hanna et elle vont pouvoir échanger leurs informations, s'entraider. Il sera ensuite beaucoup plus facile de comprendre ce qu'il s'est passé dix jours plus tôt, au moment du bombardement.

« Je ne suis plus seule ! » Hanna ne cesse de répéter cette phrase. De repenser à ce qu'elle signifie. À cette information à laquelle elle ne croyait plus. Une autre combattante est en vie, elles se protégeront mutuellement le temps de panser leurs plaies, de cicatriser leurs blessures.

« Je vais pouvoir mettre mes enfants au monde. Mes enfants… je les sens naître en moi. »

Il faut qu'elle se calme. Son excitation consume ses dernières forces, et Hanna n'oublie pas que tout peut basculer en un instant. Alors elle essaie de garder la tête froide. Elle doit encore répondre à toute une série de questions qui restent pour l'instant sans réponse : où est l'émettrice du message ? Dans quel état se trouve-t-elle ? De quand date ce message ? Un courant glacé la traverse. Est-elle encore en vie ? Et si elle était morte ? Hanna tremble de peur. Et se force à se concentrer. Il suffit qu'elle analyse la molécule pour voir son degré d'intégrité par rapport à la molécule originelle. En effet, ses messages se dégradent progressivement au fil du temps – heureusement, sinon l'environnement en serait pollué. Mais plus la molécule est abîmée, plus elle a été émise depuis longtemps. Ce mécanisme, associé à la richesse et à la diversité des molécules disponibles, permet aux membres de son espèce d'établir de véritables conversations en fonction des besoins et des situations.

Hanna se concentre plus fort encore. Pour tenter de répondre à la première question : de quand date le message. Elle augmente au maximum la sensibilité de ses récepteurs afin de reconnaître les moindres imperfections de ce qu'elle a reçu. Plus elles sont nombreuses, plus le message a circulé longtemps.

Pendant que l'analyse s'opère, elle réfléchit à la façon d'entrer en contact avec l'émettrice, si elle est encore vivante. Se déplacer en essayant de retrouver la source, puis remonter jusqu'à elle ? Là où elle est, Hanna est relativement à l'abri de la réaction de ses ennemis. Elle ne sait pas depuis combien d'heures ou de jours elle est cachée, et personne n'est parvenu à déceler sa présence. Donc, quitter ce refuge serait prendre un risque fou. Probablement bien supérieur à l'intérêt d'entrer en contact avec cette amie inconnue. Envoyer à son tour un message chimique ? Ce serait se rendre potentiellement détectable. Se trahir. Aucune de ces deux solutions n'est bonne.

Alors qu'elle analyse les différentes options, l'information que Hanna attendait sur l'état de dégradation de la molécule lui parvient enfin. La molécule est très abîmée. Très, très abîmée, même. Donc émise depuis un bon moment.

Cet élément, capital, soulève alors une autre question, cruciale : qu'est-il arrivé à celle qui l'a envoyée ? Est-elle encore en vie ? A-t-elle, comme toutes les autres, été tuée ? Faut-il prendre le moindre risque alors pour contacter celle qui n'est probablement plus de ce monde ?

Hanna réfléchit aussi vite qu'elle peut. Ses pensées s'entrechoquent dans un tumulte fou. Elle pèse le pour et le contre de chaque option, de chaque hypothèse.

« Que faire ? Mon organisme récupère. Je vais de mieux en mieux, et même si je suis loin d'être totalement guérie, je sais désormais que je vais survivre. Dans ces conditions, vaut-il mieux patienter en attendant que mon cycle de vie reprenne entièrement, ou tout mettre en œuvre pour retrouver l'autre ? »

Tout à coup, un deuxième récepteur est activé. Folle d'excitation et d'angoisse, Hanna se concentre pour le lire le plus vite possible. Et c'est le choc. L'annonce tant redoutée. Elle a envie de hurler son désespoir. Il s'agit d'un récepteur de messager de produit d'apoptose. Un faire-part de décès.

Très vite, Hanna décode la séquence. L'une des siennes, sans doute blessée comme elle, a dû envoyer un appel au secours. Un ultime message émis avant de mourir. Juste après, son corps a largué les dernières molécules d'apoptose avant de disparaître.

Ces types de messages, Hanna les connaît bien. Elle en a tellement reçu au long de sa vie qu'elle en a des bouffées d'écœurement. Elle songe à la dernière grande bataille qui a vu mourir en quelques instants tous les membres du camp, ne laissant que sa pauvre carcasse blessée, abîmée, sur le champ de bataille dévasté.

Moribonde, se traînant avec peine vers un abri de fortune, elle a été inondée de ces messages de mort. Elle les a recueillis comme autant de blessures supplémentaires infligées à son âme. Elle les a recensés jusqu'à la nausée, jusqu'à la folie. Tous résonnent encore en elle. Des hurlements de douleur gravés à jamais dans sa mémoire. Leur déferlement creusant un peu plus leur défaite. Définitive. Irrémédiable. Marquant sa fin à elle. Sa mort inéluctable.

Reprenant ses esprits, Hanna fait disparaître les deux molécules qu'elle vient de recevoir. Maintenant, c'est une certitude, elle est seule. Absolument seule, et entourée d'une multitude d'ennemis impitoyables. Son organisme a beau aller mieux, il lui faudra une dizaine de jours pour récupérer toutes ses facultés. Ces dix jours, ses ennemis vont-ils les lui accorder avant de reprendre pour la sixième fois leurs attaques insensées ?

Soudain, une sensation qu'elle ne connaît que trop bien et qu'elle appréhende monte dans son ventre.

« Pas tout de suite ! » supplie-t-elle. Mais le processus qui s'enclenche n'est pas maîtrisable. Le cycle de vie est en train de reprendre, et si rien ne l'interrompt, elle va, dans quelques jours à peine, mettre au monde ses filles.

# 19

« Pas maintenant ! Non, surtout pas maintenant, bon sang ! »

Hanna sent grouiller en elle les prémices de son cycle de reproduction. Si rien ne vient arrêter le mécanisme, Hanna va bientôt donner naissance à des jumelles. Mais, dans son état, c'est beaucoup trop dangereux. Isolée, encerclée d'ennemis, affaiblie, elle ne peut pas se le permettre. Il faut absolument qu'elle retarde au maximum ce processus.

Elle a l'impression de devenir folle. Son organisme est programmé pour engendrer une descendance infinie. Deux filles par naissance, tel est le principe fondateur de l'organisation du clan.

Hanna aurait été ravie de voir renaître sa race, de la voir à nouveau se développer, croître et récupérer les territoires perdus. Deux filles qui auraient possédé ses qualités guerrières et ce petit quelque chose qui en aurait fait de meilleures combattantes encore.

Deux filles qui auraient, à leur tour, très bientôt donné naissance chacune à deux autres filles, portant le nombre des membres du clan à quatre, puis huit, seize, trente-deux, soixante-quatre, cent vingt-huit, et ainsi de suite jusqu'à ce que ses membres deviennent innombrables.

Cette sensation dans son ventre, c'est la promesse d'un avenir. Une douce perspective. Mais les circonstances sont trop mal choisies. Il faut qu'elle arrive à contrôler ce processus de vie qui est indécelable de l'extérieur.

Délaissant un instant la surveillance des alentours, elle se concentre sur ce qu'il se passe en elle. Pour l'instant, la cascade d'événements qui, à partir de l'activation du signal de début de cycle, engendrent la multiplication de son patrimoine génétique, puis de la matière vitale qui constitue le corps des individus de son espèce, n'a pas encore commencé. À tout moment, elle peut passer à l'étape suivante, et là, rien ne pourra plus l'arrêter.

Cette deuxième étape consiste à passer le premier des « checkpoints », qui vérifie la qualité du matériel génétique sur le point d'être fabriqué et distribué à ses deux filles.

Ce matériel génétique, comme pour tous les humains, est porté par un filament de deux mètres de long, constitué de l'agencement de trois milliards de molécules de quatre types possibles. Quatre lettres constituant le code génétique.

Ces quatre molécules chimiques s'agencent entre elles selon un ordre parfaitement établi et inscrivent les gènes propres à chaque espèce. La moindre erreur d'écriture, une lettre à la place d'une autre, et l'individu sera fragile ou incapable de survivre.

Il est donc impératif, avant que le processus de reproduction n'aille plus loin, qu'une vérification de l'état des gènes à dupliquer soit faite. Et c'est uniquement après cette vérification que le droit de passer à l'étape suivante sera accordé.

Ce point de contrôle est l'étape primordiale durant laquelle Hanna a l'intention d'intervenir pour ralentir le processus. Et ainsi dérégler la machine. Elle lui enverra tellement de signaux que l'organisation du système se retrouvera totalement incapable d'assurer sa fonction, bloquant l'évolution de la duplication du matériel génétique.

Hanna attend. Elle constate, soulagée, qu'elle ne sent plus rien. Le murmure de cette fantastique machine à produire de la vie s'est tu. Elle a donc encore quatre ou cinq jours devant elle avant que le processus ne s'enclenche à nouveau. Quatre ou cinq jours pour aller mieux, pour finir de réparer ses blessures, pour reconstituer son capital énergétique.

Hanna sourit. Son espèce est immortelle. À moins

d'être tuée par une ennemie, elle peut se régénérer indéfiniment. Le temps n'a pas de prise sur elle. Quel fabuleux destin ! Naître un jour et vivre à jamais ensuite. N'est-ce pas le rêve de l'humanité depuis la nuit des temps ?

Hanna se souvient de l'histoire que sa mère lui avait racontée. Elle lui avait dit qu'il y a bien longtemps une de leurs ancêtres avait réussi à décrypter le mécanisme qui permettait de définir la notion de temps, celui que chacun d'entre nous avait à vivre. Ce mécanisme très simple était basé sur une évaluation régulière de l'état des gènes, des gènes écrits à l'aide des quatre lettres du code génétique le long d'un long filament que l'on appelait l'ADN.

Celles de son espèce en possèdent vingt-cinq mille, et leur écriture nécessite trois milliards de lettres génétiques. Toute mutation, toute erreur d'écriture peut être catastrophique, aboutissant à la création d'un être anormal, diminué, handicapé ou, pire encore, d'un individu frappé de folie furieuse, incontrôlable et donc potentiellement dangereux pour les autres. Il est donc impératif que l'intégrité du patrimoine génétique soit en permanence garantie par un système de vérification-réparation extrêmement vigilant et parfaitement efficace.

Ce système, leurs ancêtres en avaient décelé le mécanisme intime et avaient acquis la capacité de l'asservir. Il consiste en une entité située au bout du filament d'ADN, et appelée le télomère. Fabriqué à l'aide d'une enzyme extraordinaire, la télomérase, il correspond à une série plus ou moins longue d'unités qui, l'une après l'autre, parcourent d'un bout à l'autre le filament d'ADN pour le vérifier. À la moindre lettre déplacée, au moindre gène mal écrit, un réparateur intervient immédiatement, laissant ainsi l'ADN intègre. Mais lorsque ces unités arrivent au bout de leur chemin, qu'elles ont terminé de parcourir le long filament de près de deux mètres d'ADN, elles ne peuvent pas repartir en sens inverse et disparaissent, leur travail accompli.

Ainsi, d'unité en unité, le télomère se raccourcit avec le temps jusqu'à ne plus avoir d'unité de vérification à envoyer. Épuisé, il ne peut plus assurer son rôle. Il s'ensuit une dégradation progressive de la qualité de l'ADN et donc du patrimoine génétique de l'individu. L'ADN, en quelque sorte, vieillit. Il devient sénescent ! Et avec lui, l'individu devient de moins en moins performant, jusqu'à ce que sa détérioration fonctionnelle ne soit plus compatible avec sa survie.

À ce moment précis intervient un gène particulier, dont le rôle est de déclencher un mécanisme de suicide. Un être trop abîmé, non fonctionnel, est inutile et devient gênant pour les autres. L'autodestruction de l'individu est la seule option.

La durée de vie de chaque individu dépend donc de la longueur du télomère et du nombre d'unités de vérification dont il dispose. Un télomère court entraîne une vie relativement brève ; à l'inverse, un télomère long offre à l'individu l'espoir de vivre longtemps. Sauf si, par une chance incroyable, un individu trouve le moyen de faire fonctionner de manière permanente la télomérase pour qu'elle fabrique en permanence du télomère, compensant ainsi son usure naturelle. Et c'est ce prodige qui s'est produit au début de l'apparition du clan des filles de Rhodan. L'une d'entre elles a compris comment activer cette fameuse télomérase et a ainsi acquis pour elle et pour toute sa descendance la vie éternelle !

Pourtant, ce n'est pas une éternité dont Hanna a besoin, juste quatre ou cinq jours de plus pour pouvoir finir de récupérer de ses blessures, retrouver ses forces. Elle pourrait repartir au combat, donner naissance à ses filles et régénérer une armée forte et déterminée, capable de changer le destin de leur clan. De tuer leurs ennemis. Une fois pour toutes !

# 20

– Il n'en est pas question. Quoi que vous puissiez me dire, docteur, je n'accepterai pas.

Esther est assise dans ce fauteuil dont elle connaît par cœur chaque pli, chaque bosse, pour s'y être assise tant de fois. Déterminée face au docteur Amos, elle le fixe d'un regard glacial.

– Esther, s'il vous plaît, écoutez-moi. Je comprends à quel point vous pouvez être fatiguée et combien la perspective de repartir dans un protocole de chimiothérapie vous terrifie, mais vous y êtes presque, et vous devez aller au bout de la stratégie que nous avons décidée ensemble pour mettre toutes les chances de votre côté afin d'éradiquer votre cancer.

Esther sent les larmes affleurer. « Non, il ne comprend rien. Non, il ne sait rien. Rien de ce que j'endure. » Elle inspire profondément et, d'une voix qu'elle veut le plus convaincante possible, lui dit :

– Ces nouvelles chimios sont trop difficiles à

supporter. Je ne suis pas fatiguée, docteur, je suis épuisée. É-pui-sée, vous comprenez ?

Elle hausse le ton malgré elle. Elle veut que le médecin comprenne qu'elle n'en peut plus. Qu'elle est arrivée à un tel point de rejet de la chimiothérapie que sa seule évocation provoque chez elle une colère mêlée de panique. Le docteur Amos continue cependant de tenter de la convaincre.

– Esther, ne croyez pas une seule seconde que je ne prenne pas en considération votre souffrance et le caractère éprouvant de ces séances de chimiothérapie. Mais elles sont efficaces. Très efficaces. Et stopper avant la dernière séance hypothéquera tous les efforts surhumains que vous avez consentis jusqu'à aujourd'hui.

La jeune femme n'est pas dupe de la stratégie du médecin : inutile de nier la réalité, la lourdeur des traitements qu'il lui a prescrits, mieux vaut insister sur le fait que, grâce à cela, elle est en rémission.

– Rappelez-vous combien vous étiez inquiète lorsque nous avons découvert votre rechute et vos métastases hépatiques. Vous vous en souvenez, n'est-ce pas ?

Il cherche son regard, mais Esther a désormais les yeux rivés au mur derrière lui. Déjà six mois depuis ce jour où le verdict est tombé pour la deuxième fois. De semaine en semaine, Esther a vu le scénario se répéter : enchaîner les analyses, poser le cathéter, se tondre les cheveux, remettre un foulard, se rendre à la clinique toutes les trois semaines. La fatigue, les insomnies, les vomissements. Affronter le regard des autres, leur pitié et leurs sous-entendus – « pauvre Esther, est-ce qu'elle s'en sortira cette fois encore ? ». Supporter le regard de ses filles : Axelle, qui se mure dans le silence et, du haut de ses huit ans, joue à la petite maman avec sa sœur, comme pour pallier les défaillances de leur propre mère ; Manon, encore trop jeune pour comprendre le drame autour d'elle mais qui recommence à faire pipi au lit la nuit… Ses filles, sa raison de vivre, sa plus grande force et aussi sa plus grande souffrance. Dommages collatéraux de l'incapacité d'Esther à guérir.

– Tu n'es en aucun cas responsable de ta maladie ! avait hurlé Sam un jour plus difficile que les autres, où Esther avait craqué devant lui. Je t'interdis de dire une chose pareille ! Ce qui arrive à notre famille est une épreuve, mais rien n'est de ta faute, tu m'entends ?

Et Sam. Combien de temps encore supportera-t-il la situation ?

Le docteur Amos se lève, passe de l'autre côté de son bureau et attrape la main d'Esther pour qu'elle lève le regard vers lui.

– Maintenant, regardez votre dernier scanner. Plus

rien ! Plus une seule lésion dans votre foie… et rien ailleurs. Vous êtes en rémission.

Esther le fixe intensément.

– En rémission complète, même.

– Alors pourquoi faire une nouvelle chimio puisque je suis en rémission complète ?

– Rémission complète ne signifie pas guérison. Esther, je vous l'ai déjà expliqué. La rémission n'est qu'un état apparent de guérison. Il signifie que les examens les plus sophistiqués, comme les scanners ou les IRM, ne trouvent plus de trace de votre cancer. Mais cela ne veut pas dire que les cellules cancéreuses ont été détruites en totalité. Les études sur le sujet le montrent bien : il existe une très forte probabilité qu'il persiste, ici ou là, une ou plusieurs cellules cancéreuses invisibles qui peuvent recommencer à proliférer. Si cela arrivait, dans quelques semaines ou quelques mois, nous verrions apparaître de nouvelles métastases, plus difficiles encore à traiter que les précédentes. Un peu comme si ces cellules qui avaient survécu à nos traitements en avaient engendré de nouvelles encore plus résistantes.

Il s'interrompt un instant. Esther se surprend à penser que s'il croit la convaincre en lui faisant peur, c'est perdu d'avance.

– C'est pour cette raison qu'il faut faire cette dernière chimio. Esther, écoutez-moi : je vous promets que ce sera la dernière séance. Quoi qu'il arrive. Pas une de plus. Vous avez ma parole.

Esther se sent prise au piège. Quel argument opposer ? Elle a confiance en le docteur Amos, elle sait à quel point sa science est grande. C'est comme s'il avait l'intuition de la façon dont son cancer va se comporter, qu'il savait comment devancer les attaques et programmer une riposte parfaitement adaptée. Mais là, elle est saisie d'une nausée telle à l'idée de subir une chimio dans trois jours que toute l'estime, toute la confiance, toute l'affection même qu'elle porte à Amos ne suffiront pas à la faire changer d'avis.

Elle regrette soudain de ne pas avoir accepté que Sam l'accompagne à la consultation. Il a insisté, comme chaque fois, mais elle ne supporte plus de devoir s'inquiéter de lui, de ses réactions, de ce qu'il va ressentir. Sam ne lui demande rien de tout ça, bien sûr. Mais elle a déjà ses propres émotions à gérer, et c'est largement suffisant. Et puis, Sam aurait été du côté du médecin, elle le sait. Face au discours alarmiste de l'oncologue, il aurait tenté de la convaincre, lui aussi. Mais là, seule face au docteur Amos, elle se sent si vulnérable…

– Qui vous dit qu'il reste encore une cellule ?

– Personne. Vous savez, une cellule, c'est minuscule, quelques milliardièmes de centimètres à peine.

Aucun examen ne pourrait être capable de déceler une chose aussi petite. Une tumeur d'à peine un centimètre de diamètre contient à elle seule un milliard de cellules cancéreuses regroupées les unes à côté des autres. Un milliard. Au stade actuel d'avancée de la médecine, on ne peut voir une cellule isolée. C'est pourquoi nous devons terminer le protocole, afin d'être assurés qu'aucune n'est cachée quelque part dans votre corps.

« Il ne lâchera pas l'affaire facilement. Pourquoi refuse-t-il de comprendre ? » Esther commence à être agacée par l'entêtement du médecin. Elle décide d'attaquer de plus belle.

– OK, mais une cellule, une unique cellule, ça n'est finalement pas grand-chose, pas de quoi justifier une chimio !

– S'il reste une cellule maligne, Esther, elle se divisera, et en donnera deux. Qui elles-mêmes se diviseront à leur tour et en donneront quatre, puis huit, et ainsi de suite, jusqu'à constituer à nouveau de véritables tumeurs. Là, on pourra les voir sur le scanner, mais ce sera peut-être trop tard. Plus le temps passe, plus les cellules cancéreuses renforcent leur capacité à résister à nos traitements. Et donc, moins les chances de guérison sont grandes. C'est pour ça qu'il faut terminer ce combat maintenant. C'est le meilleur moment pour gagner la guerre. Esther, je vous demande de me faire confiance.

– Mais ça n'a rien à voir avec la confiance ! Je n'en peux plus, vous comprenez ? Non, évidemment, vous ne pouvez pas comprendre ! Vous n'avez pas la moindre idée de ce que je ressens. Je ne supporte plus d'être l'ombre de moi-même, de ne pas pouvoir m'occuper de mes filles, de ne plus être qu'un zombie ! Cette dernière chimio va me tuer !

## 21

Esther se lève et s'approche de la fenêtre. Elle regarde le jardin où se promènent quelques malades accompagnés de leur famille. Cette nouvelle chimiothérapie la terrifie. Elle redoute de ne pas être capable de la supporter. Des larmes glissent jusqu'à la commissure des lèvres, apportant avec elles ce goût salé qui rappelle les chagrins d'enfance.

Elle essaie de camoufler sa détresse à son médecin. Elle ne veut pas de sa pitié. Non ! Ce qu'elle veut, c'est exister de nouveau, comme avant sa maladie, avant sa rechute. Redevenir une femme adulte, indépendante, vivante. Pas cet être diminué, fragilisé, stigmatisé par le regard des autres, qui font semblant de ne pas remarquer le foulard qu'elle porte sur la tête. Ce qu'elle souhaite plus que tout, c'est faire disparaître de sa mémoire le cancer et son cortège de souffrances, d'incertitudes. Ce qu'elle veut, c'est guérir ! En a-t-elle le droit ? Y arrivera-t-elle ? En a-t-elle seulement encore la force ? Elle essuie d'un geste discret ses joues humides et fixe le jardin devant elle.

Le docteur Amos rompt le silence.

– Esther, je vais être parfaitement honnête avec vous.

La jeune femme se tourne vers son médecin, les bras croisés. C'est l'heure de vérité.

– Peut-être êtes-vous déjà guérie. Peut-être qu'effectivement toutes les cellules cancéreuses de votre rechute sont mortes à présent. Il est tout à fait possible que plus rien ne se passe et qu'on n'entende plus jamais parler de votre cancer si la dernière cellule maligne est morte lors de la cinquième chimio. Ce serait formidable, et soyez assurée que c'est ce que je veux autant que vous. Mais peut-être pas. Peut-être reste-t-il une ou deux cellules. Dans ce cas, le cancer réapparaîtra tôt ou tard, dans votre foie ou ailleurs, mais il réapparaîtra, et vous serez de nouveau en rechute. Ce n'est qu'une question de probabilité.

– Justement, puisque ce n'est « qu'une » question de probabilité, quelles sont mes chances de n'avoir plus besoin de ce traitement ? Quel est le pourcentage de chances que toutes les cellules cancéreuses soient mortes et que je ne doive pas faire cette sixième chimio ?

En son for intérieur, Esther espère un taux le plus

bas possible, celui qui lui permettrait de refuser raisonnablement de se soumettre à une énième torture.

Le médecin hésite un instant. Il se lève et, la prenant délicatement par le bras, l'accompagne jusqu'à sa chaise. Lui, reste debout. Comme si pouvoir marcher en réfléchissant, pouvoir parler sans être nécessairement toujours sous son regard si douloureusement interrogateur lui donnait l'impression que cela l'aiderait à trouver les mots justes.

– Il est impossible de vous donner un chiffre précis. Encore moins un minimum sous lequel cette ultime chimio serait facultative. La médecine n'est pas une science exacte, Esther. Elle est, comment dire… une forme d'art, et l'esthétique qu'elle cherche à atteindre n'est rien d'autre que la guérison et la sauvegarde de la vie. Il y a un monde infini entre une statistique arbitraire tirée de l'expérience que l'on peut acquérir auprès de malades, aussi nombreux soient-ils, et la réalité de votre destin. Au moment où nous parlons, les autres malades, qu'ils soient guéris ou non, n'existent que pour construire une intuition, une série de perspectives possibles parmi lesquelles se trouvent les différents chemins qui s'ouvrent devant nous. Pourtant, depuis le jour où j'ai décidé de devenir cancérologue, je n'ai oublié aucun d'entre eux, non, aucun, qu'ils aient été merveilleux par leur courage ou par leur fragilité.

Le docteur Amos rejoint son fauteuil et s'assoit lourdement, comme écrasé par le poids de ses responsabilités. Puis il reprend :

– Je vais être franc, une fois de plus : je ne sais pas, Esther, si vous êtes guérie. Je ne sais même pas si cette chimiothérapie de plus va vous guérir. Ce que je sais, en revanche, c'est que nous sommes sur la bonne voie, qu'il existe une vraie probabilité que nous arrivions ensemble à votre guérison, et que ce serait dommage de ne pas mettre toutes les chances de notre côté. Ce n'est pas si fréquent qu'une telle possibilité soit réellement à portée de main. Saisissons-la, ne serait-ce que pour ne jamais avoir à regretter de ne pas l'avoir fait.

Il prononce ces derniers mots un peu fort. Esther est impressionnée par la gravité qu'elle perçoit dans sa voix. Elle l'imagine, l'esprit hanté par les visages de tous ces patients qu'il n'a pas réussi à sauver. Malgré la science, la médecine moderne, malgré sa détermination et malgré leur combat. Il donne l'impression soudain que pèse sur ses épaules le poids infini de toutes ces vies qu'il a accompagnées, avec ce goût amer de la déception et de l'impuissance lorsque ce fut vers la mort.

« Les voix de tous ces disparus le hantent-elles ? Ces voix qui posent toutes les mêmes questions : vais-je guérir ? vais-je mourir ? »

La jeune femme ferme un instant les yeux. Bien sûr que le docteur comprend. Évidemment que lui sait ce que signifie avoir un cancer, suivre un traitement, craindre de mourir chaque matin au réveil. Il accompagne chaque jour depuis plus de trente ans des hommes et des femmes qui, comme elle, luttent sans relâche contre ce satané crabe. Qui lui confient leurs peurs les plus intimes, leurs angoisses les plus profondes. Qui mettent leur avenir entre ses mains.

Sans trop savoir comment, Esther a l'impression que les propos, les regards, les mouvements mêmes de son médecin commencent à abattre ses résistances. Elle qui était si sûre de renoncer, si certaine du choix qu'elle devait faire, est en train de se rendre compte que son envie de vivre est plus forte que la douleur, plus forte que la souffrance, plus forte que tout. Elle prend conscience que l'homme qui est en face d'elle est là pour l'aider, et uniquement pour cette raison.

Elle inspire profondément et demande, d'une voix frêle :

– Si j'accepte, docteur... Si je pars pour cette dernière chimio, peut-on la reculer de quelques jours, que je récupère un peu plus de la précédente ?

Amos jette un coup d'œil au dossier d'Esther pour vérifier quand le dernier traitement lui a été administré.

– La dernière chimio a eu lieu il y a dix-huit jours, n'est-ce pas ?

D'un hochement de tête, Esther confirme cette information. Le médecin enchaîne :

– Il faut donc la faire lundi prochain, dans trois jours.

Esther sent la colère lui monter des tripes. « Je ne demande pourtant pas la lune ! Trois petits jours, bon sang ! »

Elle ajoute, les dents serrées, en se penchant sur le bureau pour approcher son visage de celui du médecin :

– Justement. Ma question était de savoir si on ne pouvait pas la repousser de dix jours. Pas ce lundi, mais le suivant. Ça me donnerait une semaine de répit supplémentaire.

Amos se racle la gorge et plante son regard dans celui d'Esther.

– C'est impossible, Esther, et vous le savez : le protocole doit être respecté au jour près, c'est dans ces conditions qu'il est susceptible d'être le plus efficace. Les chimiothérapies ont lieu toutes les trois semaines, parce que c'est juste un tout petit peu moins de temps que celui dont a besoin une cellule cancéreuse pour se réparer. Si on recule une séance, l'injection risquerait de ne pas profiter pleinement de l'effet obtenu par les précédentes. Si l'on veut que celle-ci soit capable d'éradiquer la dernière cellule maligne, elle doit agir sur une cellule blessée, fatiguée, amoindrie, sans lui laisser complètement le temps de récupérer. Programmer cette dernière chimio avec dix jours de retard équivaut à donner dix jours de plus aux cellules malignes pour se régénérer et revient à vous faire subir toutes les souffrances que vous endurez tout en sachant que le résultat ne sera pas celui escompté.

« Il est arc-bouté sur son sacro-saint protocole à la con, il ne m'écoute pas ! » La colère d'Esther déborde, l'envahit tout entière.

– Donc vous refusez de la reculer ?

– Esther, ce n'est pas à moi de refuser ou d'accepter quoi que ce soit. La question n'est pas là. Mon rôle est de vous expliquer du mieux que je peux les éléments qui définissent votre situation pour vous permettre de prendre la meilleure décision pour vous. Ce n'est pas à moi de le faire. C'est vous qui déciderez, et vous seule. Je vous dis simplement que, pour les raisons que je viens de vous expliquer, je pense qu'il serait préférable de faire cette chimio et de ne pas prendre le risque de la faire pour rien.

Esther n'arrive plus à réfléchir. Ses mains tremblent. Elle se sent seule, vulnérable. Elle voudrait que Sam soit là. Prendre une décision dans cet état lui paraît soudain insurmontable.

– Est-ce que je peux vous rappeler demain ?

– Évidemment, Esther. Rentrez chez vous, parlez-en avec votre mari et rappelez-moi demain avant midi. Que j'aie le temps d'organiser la séance à l'hôpital de jour.

Elle le regarde une dernière fois, les yeux remplis de larmes, tandis qu'il la raccompagne avec bienveillance jusqu'à la porte d'entrée du service, et elle rejoint le parking.

## 22

« Ils les ont toutes tuées. Une à une. Nos mères, nos tantes, nos sœurs. Ils ont cru vaincre notre peuple. Mais ils ne savent pas qui je suis ! »

Hanna rumine. Sa fureur est intense. En elle monte un profond désir de vengeance. Elle voue à ses poursuivants, et plus encore à celle qui les contrôle et à qui ils appartiennent, une haine féroce. Et cette haine accélère son processus de cicatrisation, lui redonne l'espoir de survivre jusqu'à entrer de nouveau en pleine possession de ses moyens. Elle a envie de hurler : « Je suis la dernière, mais j'aurai ta peau ! »

« Bientôt, pense-t-elle, nous serons des centaines, des milliers de cellules cancéreuses dans ton corps, ma chère Esther. Nous repartirons en guerre contre tes cellules normales et nous les vaincrons. Tu pensais nous éliminer toutes en détruisant la plus grande partie d'entre nous, celles restées là où notre clan avait pris naissance, dans ton sein ? Espèce d'abrutie ! Tu croyais, avec ton docteur, que ce serait si simple ? Vraiment ? Que nous resterions toutes là à crever de faim, entassées les unes sur les autres, confinées dans une tumeur qui bientôt allait devenir détectable ? Que nous allions attendre sagement que tu nous repères et que tu viennes nous extirper ? Que nous étions aussi stupides ? Tu nous as tellement sous-estimées… Nous n'avons laissé sur place que les plus faibles, celles qui étaient incapables de se déplacer, de creuser des tunnels vers la liberté et les espaces nouveaux qu'il nous fallait conquérir. Celles qui ne pouvaient pas masquer leurs différences et qui se seraient fait descendre immédiatement, dès qu'elles auraient croisé l'un de tes globules blancs en charge de la surveillance de l'intégrité de ton territoire. Les autres, les plus malignes, les plus redoutables, étaient déjà parties depuis longtemps lorsque ton chirurgien a opéré ton sein. »

Hanna jubile, malgré la fatigue.

« Tu as cru que les quelques cellules qui se sont attardées dans tes ganglions, sous ton aisselle, constituaient l'essentiel de la menace vitale ? Et tu as donc pensé que, là aussi, grâce à ton chirurgien qui les a retirées, tu ne risquais plus rien. Mais quelle bêtise ! Quelle suffisance ! Tu n'as pas compris qui nous sommes et à quel point nous sommes plus rouées que toi et tes médecins. Ces quelques cellules-là, elles ne comptent pas ! Tant pis pour elles si elles se sont fait avoir ! On leur avait bien dit de ne pas passer par les canaux lymphatiques et les ganglions axillaires, qu'elles allaient se faire repérer parce que ce chemin était trop logique, que ton médecin y penserait nécessairement et retirerait tous les ganglions qu'il pouvait. On leur avait conseillé de faire comme nos mères, plus intelligentes, et de passer directement par les vaisseaux sanguins pour créer des métastases dans les autres organes, ceux plus éloignés, comme le foie, les poumons ou les os, d'où la chirurgie ne pourrait sans doute jamais les retirer. Non, celles-là n'ont pas voulu écouter les conseils des filles de Rhodan, des meilleures guerrières. Elles ont pris le chemin le plus facile, le plus simple. »

Hanna se sent un peu mieux de minute en minute. La régénération suit son cours ; le but à atteindre est proche. Elle se concentre plus encore et convoque ses souvenirs pour y puiser la force de tenir.

« Ma mère a creusé un long tunnel depuis la tumeur du sein, à travers la graisse, les fibres de collagène ou d'élastine. Elle a parcouru plusieurs millimètres ainsi avant de trouver enfin un vaisseau sanguin. Une petite veine. Minuscule. Elle l'a reconnue tout de suite car ses parois ne battaient pas au rythme du cœur, contrairement aux artères. Ma mère s'est ensuite glissée en silence par un interstice dans la paroi de la veine et a pénétré dans le vaisseau. Elle m'a raconté plus tard le choc qu'elle a ressenti lorsque la circulation sanguine l'a emportée. Durant ces minutes incroyables où elle a voyagé à toute vitesse, elle a vu périr beaucoup de ses parentes, noyées dans le sang, projetées contre les parois par le courant. Elle en a vu aussi mourir un très grand nombre, perforées par les globules blancs circulant au milieu du flot. Dès qu'ils les identifiaient, ils se collaient à leur membrane externe pour les détruire sans vergogne. »

L'image de ses congénères déchiquetées, transpercées par leurs ennemis, la fait tressaillir. Elle ne doit pas se disperser, elle y est presque. Elle se concentre de nouveau.

« Nous, nous possédions une maîtrise presque totale en matière de camouflage. Nous avions compris comment les surveillants faisaient pour reconnaître ce qui, à la fois, appartenait à ton corps, Esther, mais qui, en même temps, était devenu différent. Nous avions découvert que leur système de détection nécessitait une double reconnaissance. Sans elle, les globules blancs étaient incapables de nous identifier comme menaçantes et nous laissaient passer sans nous inquiéter. Ma mère s'était ainsi débarrassée des récepteurs de comptabilité qui définissaient notre origine, identique pour toutes tes cellules, Esther, et avait réorienté vers l'intérieur de son corps cellulaire les récepteurs tumoraux qui auraient permis de voir que nous étions devenues cancéreuses. Nous étions devenues transparentes pour nos ennemis ! Sans odeur ni saveur, comme si nous n'existions pas. C'est grâce à cet ingénieux stratagème que ma mère a pu déjouer tous leurs mécanismes de défense et arriver un jour dans ton foie. Elle s'est accrochée à la paroi du vaisseau nourricier, la veine porte, grâce à une colle dont elle avait le secret. Là, elle a perforé la paroi et s'est retrouvée dans le parenchyme hépatique entouré de cellules du foie. Ces cellules n'ont fait aucun cas de la présence de ma mère, trop occupées à assurer leur fonction, vitale pour toi. Elles épurent ton sang qui les traverse d'un certain nombre de substances toxiques qu'elles éliminent ensuite dans la bile vers le tube digestif. Elles fabriquent la plupart des protéines dont tu as besoin pour assurer un bon contrôle de la coagulation du sang, dont l'albumine, et beaucoup de produits, tous plus importants les uns que les autres pour ton équilibre vital. Ma mère s'y est lovée, et, quelques jours plus tard, le temps de reprendre ses esprits après le voyage fantastique qu'elle venait de faire, elle a entrepris de se reproduire et a donc commencé à se diviser par mitose. Une cellule en a donné deux, puis quatre, huit, seize, trente-deux, soixante-quatre, cent vingt-huit, jusqu'à constituer une nouvelle colonie cancéreuse. »

Hanna se rappelle comme si c'était hier le jour où sa mère lui raconta comment la nouvelle colonie s'organisa en un rien de temps : certaines cellules s'occupèrent d'attirer des vaisseaux sanguins vers la métastase afin d'assurer l'approvisionnement en sang frais, pendant que d'autres sécrétaient tout autour des substances qui diminuaient l'agressivité des globules blancs chargés de nous traquer. Toutes participaient à l'essor de la colonie, renforçant chaque jour notre pouvoir de conquête. C'est à cette époque, un peu moins de deux mois après l'opération du sein, que commencèrent les attaques chimiques. Six au total.

« Terrifiantes ! Toutes les trois semaines, c'était la panique totale. Nos colonies, encore très jeunes pour la plupart, étaient totalement désorganisées. Les mères, en train de se reproduire, tombaient comme des mouches. Les produits chimiques utilisés attaquaient les cellules, qu'elles soient cancéreuses ou pas d'ailleurs, dès lors qu'elles se reproduisaient. »

La mémoire du clan reste à vif sur ce qu'il se passa à cette époque. Tuer des cellules en pleine reproduction, au moment même où elles allaient donner la vie, une infamie pour la colonie.

« Mais que pouvaient faire nos mères, nos tantes ? C'était compter sans notre adaptabilité, liée à notre instabilité génétique. Aucune de nos mères n'était totalement identique à une autre. Parfois de manière très subtile, presque imperceptible, parfois de manière plus évidente, elles se différenciaient toutes les unes des autres. Et certaines avaient acquis un rythme de reproduction plus lent qui les avait protégées de la toxicité de la chimiothérapie. D'autres, même, avaient trouvé le moyen de créer des pompes à efflux capables de rejeter immédiatement tout produit toxique qui avait réussi à pénétrer au travers de la membrane cellulaire ! D'autres, enfin, avaient inventé des recettes d'enzymes enlevant aux produits de chimiothérapie toute toxicité, les transformant en quelques dixièmes de seconde en de banals produits inoffensifs. »

Quand Hanna repense à la richesse, à la diversité flamboyante qui caractérisait sa race, elle est dévastée par cet immense gâchis. Les cellules les plus intelligentes, les mieux adaptées, ont réussi à survivre à ces chimiothérapies. Elles sont sorties de cette guerre meurtrière en piteux état, mais vivantes.

Il leur a fallu plusieurs années pour s'en remettre complètement. Pour retrouver une organisation sociale et reconstituer des colonies viables, suffisamment alimentées en sang frais pour avoir assez d'énergie afin de recommencer à proliférer.

Lentement, irrémédiablement, elles se sont divisées à nouveau, une cellule en donnant deux, puis quatre, huit, seize, trente-deux, soixante-quatre, etc., et ont constitué de nouvelles métastases. Les premières étaient si petites qu'elles ont été attaquées sans avoir été repérées pendant la guerre chimique qui a suivi l'intervention chirurgicale sur le sein et les ganglions de l'aisselle. Les secondes, en revanche, sont parfaitement détectables au scanner ou à l'échographie abdominale.

Hanna se demande encore pourquoi ils appellent cela une rechute alors que c'est la partie devenue visible de la même histoire, de la même guerre, du même combat pour la suprématie de l'une ou l'autre des deux types de cellules provenant toutes de la même personne, les cellules normales et les cellules cancéreuses.

« Ces colonies cancéreuses se sont préparées à une riposte. Elle ne s'est pas fait attendre ! Mais alors que nos mères, qui avaient connu les attaques post-chirurgicales et y avaient survécu, nous avaient enseigné comment résister à la toxicité des produits chimiques de l'époque, nous avons été décimées par les nouveaux produits, totalement différents des précédents, beaucoup plus efficaces et contre lesquels nous n'avions pas été préparées. Nous n'avions aucune idée de leur mécanisme d'action, qui ne semblait plus profiter de la fragilité particulière de toute cellule en division. Non, ces nouveaux produits tuaient beaucoup plus de cellules anormales que ceux utilisés quelques années plus tôt. Toutes mes sœurs, mes cousines, mes parentes, mes amies, ont été assassinées les unes après les autres… Combien de cellules mortes ai-je vues au cours de ces dernières semaines ? Des centaines de millions. »

Hanna a un haut-le-cœur. De chimiothérapie en chimiothérapie, elle a fini par se retrouver seule, presque mourante, cachée dans le foie d'Esther, à présent invisible. Mais même traquée, cernée, elle garde la foi, la volonté de se battre jusqu'au bout, de vaincre quel qu'en soit le prix.

Au cours des vingt derniers jours, ceux qui, si elle ne s'est pas trompée, la séparent de la dernière attaque, elle a su trouver la force de se déplacer dans l'un des poumons d'Esther, de réparer ses blessures, d'arrêter les hémorragies de sa substance intracellulaire vitale et de retrouver une partie de l'énergie nécessaire pour se reproduire.

Il lui faut encore deux jours maximum pour donner naissance à deux filles superbes, capables de résister à toutes les attaques. Si la chance lui offre ce répit – « deux jours à peine ! » –, elle enfantera une descendance qu'aucune chimiothérapie, qu'aucun rayon, qu'aucun traitement, quel qu'il soit, ne pourra vaincre.

Deux jours pour avoir sa revanche et tuer Esther.

# 23

– Docteur Amos, j'écoute.

Lorsque son médecin répond, Esther a la sensation que son cœur se décroche de sa poitrine. Elle a attendu jusqu'à la dernière limite pour rappeler son cancérologue. Depuis leur conversation d'hier, elle a passé son temps à réfléchir, à tourner dans tous les sens ses arguments et ceux du médecin. Après une nuit presque entière éveillée, elle a fini par s'endormir au petit matin. Décidée à ne pas aller plus loin dans cette folie qu'on lui impose depuis trop longtemps.

C'est Manon qui la réveille en sautant dans son lit. Elle l'entoure de ses petits bras pour l'embrasser. Esther ouvre les yeux, délivrée, grâce à ces baisers affectueux, du cauchemar terrifiant dans lequel elle voyait son corps peu à peu envahi par des cellules toxiques, toutes issues d'une cellule monstrueuse qui aurait survécu à toutes sortes de traitements.

Elle serre fort sa fille contre son cœur. Axelle entre une seconde plus tard, tenant fièrement un plateau couvert de café fumant, de pain, de beurre, de confiture et de croissants. Elle pose le plateau sur la table de nuit et saute à son tour dans les bras de sa mère.

Pendant qu'elle regarde ses deux filles se chamailler pour savoir laquelle des deux étalera le beurre sur les tartines, Esther vacille. « Et si le médecin avait raison ? S'il restait encore une cellule cancéreuse ? Après tous les efforts que j'ai consentis, que représente une séance de plus ? Ça vaut peut-être vraiment la peine pour avoir une chance de guérir, définitivement cette fois. »

Les larmes affleurent aux coins de ses paupières quand elle aperçoit Sam, appuyé contre le mur, sur le pas de la porte.

– Maman, on t'aime, lui souffle Axelle à l'oreille. Avec papa, on t'a préparé ton petit déjeuner. Il dit qu'il faut que tu manges pour être forte et guérir vite.

Elle lui tend le plateau, poussant Manon pour qu'elle ne renverse pas le café. Esther fait son possible pour masquer sa détresse. Elle espère que les filles n'ont rien remarqué de son trouble. Elle sourit. Heureusement, elle n'a aucune nausée ce matin et peut faire honneur au petit déjeuner que sa famille lui a servi. Elle boit une gorgée de café, et le liquide chaud lui fait du bien.

Sam s'approche alors du lit. De derrière son dos apparaît un joli bouquet de violettes. Il s'assoit au bord du matelas, toujours silencieux, le regard fixé sur Esther, et lui tend les fleurs avec ce sourire qu'elle aime tant chez lui.

Toute la soirée d'hier et jusque tard dans la nuit, Sam a usé de tous les stratagèmes pour essayer de la convaincre de faire cette sixième chimio lundi matin. Il a été d'une gentillesse touchante, mais, malgré son amour, dont elle ne doute pas, il reste incapable de comprendre ce qu'elle endure. Elle s'est même heurtée à lui quand il lui a dit : « Si tu ne le fais pas pour toi, fais-le pour les filles et pour moi. » Pourquoi quelqu'un d'autre déciderait-il de ce qui est bien pour elle ? C'est de son corps qu'il s'agit, de sa souffrance qu'il est question. De quel droit interviennent-ils tous dans ce qui, au fond, ne regarde qu'elle ?

Au fil des heures, enfin seule tandis que son mari avait fini par céder à un sommeil agité, Esther avait pesé encore une fois le pour et le contre. Pour être sûre de la décision qu'elle devait prendre. Se convaincre que ce serait, quoi qu'il arrive, le bon choix, puisque ce serait le sien.

En regardant tour à tour Axelle, Manon et Sam, Esther se sent soudain submergée par tout cet amour autour d'elle et a le sentiment, furtif mais bien réel, que la vie peut être belle. Qu'elle justifie de subir des épreuves, car, entourée des siens comme elle l'est, l'existence n'a plus de prix. Toute sa vie, Esther a fait en sorte d'avoir le choix. Depuis toujours, elle sait ce qui est bon pour elle. Aujourd'hui, elle ne sait plus qu'une seule chose : elle veut que ces matins durent toujours.

Voyant le trouble dans ses yeux, Sam s'approche et l'embrasse. C'est trop pour elle. Esther pose la tasse, pousse d'un geste le plateau et se retourne pour cacher son visage dans son oreiller. Ses filles cessent immédiatement de jouer. Elle entend Sam leur demander :

– Les filles, venez avec moi dans la cuisine, on a oublié le jus d'orange…

«Je ne peux pas leur faire ça… Je ne peux pas les laisser continuer sans moi… Ils m'ont accompagnée tout au long de ces années de souffrances. Ils ont été là, près de moi, dans les rares bons moments où nous avons été heureux et dans tous ces innombrables moments de désespoir, de malheur. Mais ils n'ont jamais flanché, jamais montré le moindre signe de lassitude. Non, eux n'ont jamais désinvesti leur amour par peur de souffrir un jour de mon absence. Parce que eux n'ont jamais douté. Je n'ai pas le droit de ne pas jouer toutes mes cartes. Je dois faire le maximum, quoi qu'il puisse m'en coûter, pour guérir et nous offrir un avenir.»

Elle ouvre les yeux. Sam est là. Il s'assoit lentement et la prend dans ses bras. Elle sent sa force la pénétrer, l'envahir, la réconforter. Elle le sait maintenant : elle n'a pas d'autre choix que d'accepter sa sixième chimiothérapie.

– Docteur, c'est Esther.

– Bonjour, Esther. J'attendais votre appel…

– J'accepte.

En même temps qu'elle prononce cette phrase, une force nouvelle prend naissance au creux de son esprit.

– Très bien, Esther. Même si ça ne compte pas, je voudrais vous dire comme je vous admire parce que je sais combien cette décision a dû être dure à prendre. Je vous attends lundi matin à 8 heures. Et à 11 heures, je vous le promets, vous en aurez terminé.

Esther hésite un instant.

– Esther ? Vous êtes toujours là ?

– Oui, docteur. Lundi matin, 8 heures. Et dans un mois j'aurai récupéré et j'aurai terminé. Vous me le promettez ?

– Je vous le promets. Une cure, et c'est tout.

– À lundi matin alors.

– Passez un bon week-end et venez en forme lundi. C'est le jour où, ensemble, nous allons tuer définitivement votre cancer.

# 24

L'orage gronde depuis plus d'une heure quand Esther décide de se lever. Une chance que le tonnerre n'ait réveillé ni les filles ni Sam. Esther, elle, n'a pas eu cette chance : elle s'est écroulée de fatigue vers 23 heures, mais son sommeil n'a pas résisté aux premiers éclairs. La journée a été éprouvante : après avoir raccroché avec le docteur Amos, elle pensait être soulagée. Libérée. Elle aurait tant voulu se sentir légère, sûre d'elle, mais l'angoisse lui serrait l'estomac jusqu'à l'écœurement.

Pourtant, la journée ne fut pas si difficile qu'annoncé. Le samedi, les filles enchaînaient les activités : Axelle avait cours de capoeira en fin de matinée, Manon son atelier de poterie qu'elle n'aurait manqué pour rien au monde. Puis c'était déjeuner rapide à la maison, car dès 13 h 30, direction le haras de Jardy pour leurs leçons d'équitation – Sam disait toujours en plaisantant qu'ils finiraient avec un poney dans le salon. Après le petit déjeuner-surprise des filles qu'elle avait gâché, Esther voulait se faire pardonner. Alors, malgré la fatigue, les nausées et les regards inquiets de Sam, elle insista pour les accompagner au centre équestre.

Axelle et Manon étaient folles de joie. Dans la voiture, elles chantaient à tue-tête le générique de leur série préférée du moment. Sam, au volant, les accompagnait en baragouinant des paroles incompréhensibles, ce qui rendait Manon hilare. Esther, elle, regardait dans le vague par la fenêtre. Après une nuit sans dormir ou presque, elle mobilisait toute l'énergie qu'il lui restait pour tenter d'afficher sur son visage blême un semblant de sourire.

Arrivée au haras, Esther se surprit à se sentir étonnamment bien. Elle n'avait pas d'atomes crochus avec les chevaux, et, à cause du cancer, des chimios et des effets secondaires qui la mettaient à terre, elle n'avait encore jamais passé un après-midi entier avec ses filles au haras. Elle fut comme hypnotisée par le cavalier qui évoluait dans la carrière juste à côté de là où Sam gara la voiture. L'animal exécutait une série de figures avec une élégance qui donnait l'impression qu'il dansait. Le calme, la sérénité qui se dégageaient du couple firent monter les larmes aux yeux de la jeune femme. Mais ce n'étaient pas des larmes de tristesse. Non, c'étaient des larmes de vie.

Elle passa l'après-midi à profiter du temps clément, de sa famille; même son cerveau se mit sur pause. Sam ne la quittait pas d'une semelle et la couvait d'un regard aussi bienveillant que préoccupé.

– Je vais bien, Sam ! Je t'assure. Je n'ai besoin de rien, lui dit-elle sur un ton qu'elle aurait voulu moins agressif tandis qu'il lui demandait pour la énième fois si elle voulait boire quelque chose, si elle n'avait pas trop chaud ou trop froid.

Et comme chaque fois que la frustration, l'épuisement ou la colère prenaient la main sur ses émotions, elle culpabilisa. Elle attrapa aussitôt la main de son mari et la serra fort, jusqu'à ce que Sam lui murmure :

– Mon amour, si tu serres encore, je vais perdre mes doigts…

Esther cessa de lui écraser la main, mais ne la lâcha pas pour autant. Les larmes embuèrent son regard. Elle se concentra de toutes ses forces pour ne pas éclater en sanglots.

– Mon amour, regarde-moi…

Esther prit une grande inspiration et tourna la tête vers Sam. Il lui prit l'autre main, la porta à son visage pour l'embrasser, et lui dit, les yeux dans les yeux :

– Tu as pris la décision la plus courageuse qui soit aujourd'hui. Je suis l'homme le plus chanceux du monde. Parce que tu es ma femme et que je t'aime.

Sur le trajet du retour, Manon somnolait, la tête dodelinant dans son siège auto, tandis qu'Axelle racontait par le menu son après-midi comme si ses parents n'y avaient pas assisté. Esther luttait pour ne pas s'assoupir ; cette sortie l'avait exténuée. Mais elle n'avait pas autant ruminé ni ressassé qu'elle l'avait craint. Ni pensé que lundi matin, de nouveau, elle serait assise dans ce fauteuil en skaï bleu qu'elle haïssait tant, en train de se faire injecter dans le corps ce poison qui la tuait à petit feu.

Un coup de tonnerre fait trembler les fenêtres d'atelier du loft.

– Maaaaman ! Maaaman !

C'est Manon qui l'appelle en pleurant. L'orage a fini par la réveiller. Esther court pieds nus jusqu'à la chambre de sa cadette, qu'elle trouve le visage baigné de larmes, assise dans son lit.

– Maman, j'ai peur !

La jeune femme prend sa fille dans ses bras.

– Tout va bien, mon chat, tout va bien, maman est là, n'aie pas peur, tout va bien..., lui répète-t-elle en lui caressant les cheveux.

Manon se calme peu à peu et finit par se rendormir dans les bras d'Esther. La jeune femme reste à bercer sa fille jusqu'à ce que les derniers coups de tonnerre s'éloignent. Une envie irrépressible de hurler lui prend alors la gorge. « Je veux être là pour consoler mes filles quand elles ont peur, je veux être là pour embrasser mon mari quand il dit qu'il m'aime, je veux être là pour vivre avec ma famille... Plus qu'une chimio, une seule, et je serai là. » Cette pensée tourne encore dans sa tête lorsqu'elle s'endort après avoir regagné son lit.

Esther est tirée de son sommeil sans rêves par des voix étouffées. Elle ouvre un œil. 10 h 26 ! Comment a-t-elle pu dormir si tard ? Des jours, des semaines qu'elle se lève à l'aube après quelques heures de sommeil agité, quand ce n'est pas l'insomnie complète – un des effets secondaires des traitements. Elle entend Manon dire, derrière la porte fermée de la chambre :

– Mais je veux lui montrer mon dessin !

– Manon, je t'ai déjà expliqué qu'il fallait laisser Maman se reposer, explique Sam à voix basse.

– Mais c'est le matin depuis longtemps, pourquoi elle dort toujours ?

Esther se redresse dans son lit. Comme tous les matins, chaque muscle, chaque tendon la fait souffrir. La tête lourde, la bouche pâteuse, elle inspire profondément et dit d'une voix forte :

– Non, mon chat, Maman ne dort plus, tu peux venir !

La porte s'ouvre presque instantanément. Manon déboule sur le lit, une feuille colorée à la main.

– Maman, regarde, j'ai dessiné Caramel ! crie-t-elle en mettant la feuille si près du visage de sa mère qu'elle voit, en lieu et place du poney préféré de sa fille, une tache marron au milieu d'aplats vert pomme.

– Ta fille est une véritable artiste, glisse Sam avec un clin d'œil complice tandis qu'il s'approche pour l'embrasser.

– Mais qu'il est beau, mon cœur ! Vraiment magnifique. Papa a raison, tu es une artiste, répète Esther en embrassant sa fille dans le cou.

Soudain, Sam se lève d'un bond du matelas.

– C'est pas tout ça, les filles, mais l'heure du pique-nique arrive à grands pas…

Esther regarde son mari d'un œil interrogateur : il pleut des cordes, le ciel est gris foncé, comment compte-t-il s'y prendre pour organiser un pique-nique aujourd'hui ? Sans qu'elle ait le temps de lui poser la question, Sam file au petit trot avec sa fille dans les bras. La jeune femme sort péniblement de son lit et se dirige vers la salle de bains. Elle se glisse sous une douche brûlante, et pendant que l'eau bouillante recouvre son corps douloureux, Esther pense : « Demain, à la même heure, l'injection aura commencé. Demain, je serai enfin débarrassée. »

Quand elle arrive dans le salon, sous la verrière, la jeune femme n'en croit pas ses yeux : devant elle s'étale à même le parquet une grande nappe à carreaux façon bistrot recouverte de saladiers de fruits frais, de plats de mini-sandwiches de toutes les formes, de bouteilles de jus de fruits multicolores, de pétales de fleurs éparpillés çà et là.

– Tadam ! lance Sam en écartant les bras. Le pique-nique est prêt !

Axelle s'approche de sa mère et l'embrasse délicatement sur la joue, avant de la prendre par la main pour l'accompagner vers un confortable coussin posé au sol. Manon sautille partout comme un zébulon, en essayant tant bien que mal de ne pas atterrir dans la nourriture. Sam, fier de sa surprise, s'assoit à son tour.

– Avec les filles, on voulait t'emmener pique-niquer au bois de Vincennes, près du lac, mais vu le temps, on a décidé de pique-niquer dans le salon.

Une bouffée de bien-être enveloppe aussitôt Esther. C'est pour des moments comme celui-là qu'elle a décidé de subir la dernière chimio le lendemain. Pour ces petits riens du quotidien qui, grâce à Sam, à ses filles, deviennent des trésors inestimables.

Le sentiment intime et profond d'avoir pris la bonne décision l'étreint toute la journée. C'est une fois dans son lit, la lumière éteinte, que l'angoisse l'assaille de nouveau. Cette terreur sourde des heures qui suivront la séance, de cette sensation devenue insupportable de ne plus maîtriser son corps, d'être l'ombre d'elle-même, de subir des nausées interminables, des insomnies jusqu'à l'épuisement. Il faudra qu'elle encaisse encore une fois. Une dernière fois pour vaincre le cancer et enfin vivre.

Quand le réveil sonne ce lundi matin, Esther est réveillée depuis plusieurs heures. Sans bruit, elle se lève. Elle ne veut pas réveiller les filles. Il est tôt, la maisonnée dort encore. Une fois dans la salle de bains, elle croise son reflet dans le miroir. La femme qu'elle voit est la même que la veille : imberbe, cernée, le teint grisâtre. Mais ce matin, elle est aussi déterminée, combative. Une guerrière.

Elle se prépare en silence. Mille pensées tournoient dans sa tête, quand son portable vibre ; son taxi est en bas. Tandis qu'elle ouvre avec délicatesse la porte de la salle de bains, elle entend des pas dans le couloir. En caleçon et tee-shirt informe, Sam est sorti de leur chambre. Il lui sourit et l'embrasse tendrement avant de la prendre dans ses bras. Esther a envie de se lover là pour toujours, d'envoyer valser la chimio, le cancer, le docteur Amos et de se blottir au creux de Sam jusqu'à la fin des temps.

Mais une vibration de son portable la ramène à la réalité.

– Je t'aime… Si tu savais comme je t'aime, lui murmure Sam avant de la libérer.

– Pas autant que moi, lui susurre-t-elle en détournant le regard pour ne pas craquer.

Elle attrape son sac à main d'un geste rapide, jette un dernier regard à ce loft qu'elle aime tant, à Sam qui ne la quitte pas des yeux, et disparaît dans le petit matin.

# 25

« Hanna… J'ai tué Hanna… »

Esther se réveille en sursaut. Autour d'elle, tout est noir, sauf les cristaux numériques du réveil qui affichent 3 h 19. Le temps de reprendre son souffle et de calmer son rythme cardiaque, elle s'assoit sur le bord du lit. « Respire, Esther, respire… » Il est encore revenu la hanter. Ce cauchemar est si insupportable qu'il la met dans un état de panique. « Oui, c'est une crise de panique… Respire… »

Elle jette un œil derrière elle. Sam dort paisiblement. Le voir si serein est ce qu'Esther connaît de plus efficace pour recouvrer son calme. Elle se lève avec la plus grande délicatesse, enfile son kimono et sort de la chambre. Elle descend l'escalier en évitant autant qu'elle le peut les marches qui grincent – « le charme de l'ancien », pense-t-elle en souriant dans le noir. Un frisson la parcourt quand elle arrive dans la cuisine. Les nuits de juin sont encore fraîches, et les murs épais de la maison sont un rempart tenace contre les premières chaleurs estivales.

« Une verveine me fera le plus grand bien », se dit-elle en versant l'eau bouillante dans son mug *I love Le Perche*. Le Perche ! Elle aurait été bien incapable de situer cette région sur la carte il y a encore un an. Depuis le jour de leur rencontre, Sam lui avait fait part de son rêve d'avoir une « maison de famille, un endroit où pourraient se retrouver les enfants, les petits-enfants et les arrière-petits-enfants ! ». Lui qui n'avait jamais réussi à faire la paix avec ses parents souhaitait plus que tout au monde un havre de paix pour y réunir les gens qu'il aimait.

Esther a longtemps botté en touche. Elle a prétexté tour à tour le lancement de sa boîte, la naissance des filles, et bien sûr ses deux cancers. Mais Sam n'a jamais « lâché l'affaire », comme le dit désormais Manon. Après la deuxième rémission de sa femme, il s'est mis dans l'idée de trouver un coin de verdure hors de Paris, en pleine campagne, pour pouvoir se ressourcer après les épreuves qu'ils ont subies ces dernières années, et a commencé à chercher la perle rare. Mais Esther hésitait encore : les filles grandissaient, Axelle était presque ado, alors, les week-ends à la campagne avec ses parents… Mais l'idée de se lever le matin avec, en toile de fond, le chant des oiseaux et du vert à perte de vue a fini par la convaincre. « À croire que toute la région est à vendre ! » s'amusait Sam chaque fois qu'une nouvelle alerte immobilière bipait sur son portable. Or Esther trouvait toujours une raison, bonne ou mauvaise, pour ne pas organiser de visite.

« Ce n'était pas encore le moment… » Les mains autour de son mug, Esther pense à ce qu'était sa vie il y a quatre ans : la maladie était devenue son quotidien, la chimiothérapie prenait toute la place et avait failli la tuer, au moins psychologiquement. Mais elle a choisi de croire en la vie. Et un matin, dans le cabinet du docteur Amos, la nouvelle tant attendue est arrivée : Esther était guérie. Sam avait littéralement explosé de joie, prenant l'oncologue dans ses bras, ne sachant plus quels mots utiliser pour le remercier. Esther… Esther était heureuse, bien sûr, mais elle ne voulait pas se réjouir trop vite. Lors de sa première rémission, elle s'était laissé emporter par l'espoir et avait été dévastée par sa rechute. Elle refusait de revivre cette désillusion. Elle voulait appréhender autrement le temps supplémentaire que la vie lui accordait.

Très vite, elle a trouvé une thérapeute spécialisée dans le suivi des patientes ayant affronté des cancers. Deux fois par semaine les premiers mois, puis une fois les suivants, elle s'est rendue en consultation chez cette femme et, avec elle, a appris à apprivoiser ses peurs. Oui, le cancer était là, tapi quelque part dans son esprit. Peut-être prendrait-il un jour possession de son corps. Mais peut-être pas. Esther sait aujourd'hui qu'elle a choisi la vie pour profiter pleinement de chaque seconde, de chaque moment, quoi que lui réserve l'avenir. Grâce à sa thérapeute, elle a trouvé en elle les ressources pour vivre sereinement, sans peur du lendemain.

Ainsi, dès que le docteur Amos lui en a donné l'autorisation, Esther a planifié la reconstruction mammaire. Recouvrer l'intégrité de son corps était primordial pour avancer avec sérénité et confiance. Pouvoir de nouveau porter les robes décolletées qu'elle aimait tant, sans se demander ce que Sam, les filles, les passants allaient penser. Pouvoir s'allonger au soleil dans un des deux-pièces qu'elle conservait comme des reliques depuis sa mastectomie. Pouvoir enfin redevenir une femme à part entière.

Mais retourner à la clinique l'angoissait par-dessus tout. C'était comme revenir sur le lieu d'un crime. Elle avait peur de tout ce qui l'attendait là-bas : le bruit des chaussons en papier sur le carrelage blanc, des moniteurs dans le silence pesant des couloirs vides. Et les odeurs... Elle avait fait part de ses craintes à sa thérapeute et, ensemble, elles les ont désamorcées une à une jusqu'au jour J. Sam s'était comme d'habitude montré présent sans être oppressant et l'avait soutenue du mieux qu'il avait pu. Encore une fois.

Le jour de l'intervention, après avoir déposé Manon à l'école puis Axelle au collège, Sam et elle prirent la direction de la clinique du docteur Amos sans un mot. La tension était palpable dans l'habitacle. France Info occupait tout l'espace, rabâchant sans relâche les mêmes brèves. Quand enfin ils entrèrent sur le parking, Esther sentit son cœur se fendre en deux. Elle n'avait rien oublié. Des larmes s'invitèrent soudain sur ses joues. Sam s'en aperçut après avoir garé la voiture.

– Esther, mon amour, tout va bien se passer. Regarde-moi.

Il lui prit le visage entre les mains et le tourna vers lui. Esther avait les yeux fermés et sanglotait maintenant.

– Mon amour, ne pleure pas, regarde-moi... Regarde-moi !

Surprise par le ton autoritaire de son mari, Esther ouvrit les yeux. Sam souriait.

– Esther, regarde-moi et écoute-moi : tout va très bien se passer. Je serai avec toi tout le temps. Je ne te lâcherai pas. Tu es entre de bonnes mains, tu le sais, tout va bien se passer. Et ce soir, on sera tous les quatre à la maison pour fêter notre nouvelle vie. Je te le jure.

S'inscrire au bureau des admissions, se déshabiller, passer cette fichue blouse bleu ciel qu'elle avait en horreur, la charlotte, les chaussons… et attendre. Pour tenter de la distraire, Sam combla le vide en lui expliquant qu'il avait enfin trouvé « leur » maison. Il lui décrivit par le menu chacune des photos qui agrémentaient l'annonce sur Leboncoin qu'il avait reçue dans la nuit ; en vain. Esther ne l'écoutait que d'une oreille distraite. Elle était dans sa bulle, avec une obsession en tête : sortir le plus vite possible de cet endroit et reprendre le cours de sa vie.

Ce fut le docteur Amos qui entra le premier dans la chambre. Contre toute attente, après avoir serré chaleureusement la main de Sam, il prit Esther dans ses bras pendant de longues secondes. Elle se sentit soudain plus forte, comme en sécurité. Il lui confia à quel point il était heureux de la voir ici aujourd'hui en pleine forme, puis lui expliqua le déroulement de l'opération avant de lui donner rendez-vous une heure plus tard au bloc.

Une fois qu'Esther fut prête, deux infirmiers la portèrent sur le brancard. Sam la suivit jusqu'aux portes coupe-feu qui séparaient le couloir en deux. Il lui saisit la main et s'approcha d'elle pour l'embrasser. Il lui murmura :

– On se voit tout à l'heure, mon amour. Et une fois que tu seras de nouveau sur pied, je nous emmène visiter la maison dont je t'ai parlé. Elle est pour nous, c'est notre maison. À tout à l'heure. Je t'aime.

C'est en salle de réveil qu'elle a fait ce cauchemar pour la première fois. Elle était au milieu d'un couloir blanc immaculé interminable, sans début ni fin. Elle se tenait debout, les mains ensanglantées. À ses pieds gisait une femme qui lui ressemblait trait pour trait. Esther savait que ce n'était pas elle, ni une sœur, ni quelqu'un de sa famille. Non, c'était une sorte de double. Double qu'elle savait avoir tué de ses propres mains. Et dont elle savait le prénom : Hanna.

# 26

– Les filles ! À table !

Axelle, Manon et leurs deux copines invitées pour le week-end arrivent en courant vers la terrasse, où Sam s'évertue à faire cuire sans les carboniser des brochettes de poulet mariné. « Le temps idéal pour inaugurer notre nouveau barbecue », a-t-il lancé au petit déjeuner, sous le soleil déjà haut dans le ciel en cette fin juin.

Ils sont arrivés tard hier soir, pour éviter les bouchons à la sortie de Paris. Même si la maison n'est qu'à une heure quarante du XVIII^e arrondissement, quitter la capitale est toujours un pari risqué un vendredi soir. La veille, Esther avait son ultime rendez-vous de contrôle post-opératoire : après la reconstruction mammaire il y avait presque un an et le tatouage du mamelon cinq semaines auparavant, elle était désormais débarrassée de toute vérification. Plus heureuse que jamais à l'idée de profiter enfin de ce nouveau corps, elle a remercié le docteur Amos une dernière fois, déterminée à ne plus jamais fouler le sol de sa clinique.

« Pourtant, je n'en ai pas encore fini avec mes démons », se dit Esther en secouant la tête pour ne plus penser au cauchemar qui s'est de nouveau invité dans son sommeil cette nuit. Elle avait mis sur le compte de l'anesthésie la première fois où elle s'était vue en meurtrière de cette… Hanna. Mais le cauchemar est revenu une fois, puis une autre. Toujours le même scénario, toujours le même prénom. Esther en a bien sûr parlé à sa thérapeute. Pour elle, aucun doute possible : cette Hanna, ce double, était sa maladie, l'ultime cellule maligne à combattre pour être enfin guérie. La reconstruction mammaire, c'était sa victoire sur le cancer. Donc la mort de Hanna.

Le déjeuner se déroule dans un joyeux brouhaha. Sam et Esther ont du mal à se décider : ils cherchent une commode vintage pour poser la vasque dans la salle de bains des invités ; Esther aime bien les meubles des années 1950 en noyer, tandis que Sam ne jure que par le chêne massif. Quant aux filles, elles piaillent, pire que Simone et Jacqueline, les deux poules qu'ils ont adoptées en début de mois et qui s'ébattent dans leur enclos au fond du jardin.

Après le dessert – la désormais célèbre tarte fine aux pommes d'Axelle, véritable cordon-bleu –, Sam s'installe dans le hamac tendu entre les deux cerisiers pour une « petite sieste bien méritée ». Les filles filent profiter de la piscine, dans un concert de cris et de gloussements. Esther, elle, rentre pour se changer. Depuis la fenêtre de sa chambre, elle regarde tour à tour l'homme de sa vie, qui dort maintenant paisiblement, et ses deux merveilles. « Elles grandissent tellement vite… » Ce cliché maternel la fait sourire. Qu'elle est heureuse de pouvoir les voir s'épanouir, elle qui a tant douté.

– Maman ! Maaaamaaan ! Tu viens te baigner ?

– J'arrive, mon chat, je me mets en maillot.

Elle entend les pas de Manon qui redescend les marches menant au rez-de-chaussée de la maison. Ah, cette maison… Un corps de ferme situé à quelques dizaines de kilomètres de Chartres, dans le Perche dit « secret », dont ils viennent d'achever la réfection. Dès le lendemain de la reconstruction, Sam a tenu sa promesse et appelé le propriétaire pour caler une visite une semaine plus tard. Esther ressentait encore de fortes douleurs quand elle est montée dans la voiture ce vendredi-là, mais elle ne regrette pas d'avoir souffert les derniers kilomètres : elle est tombée immédiatement amoureuse de cette longère en pierres claires et au toit de tuiles ocre, entourée de presque un hectare de terrain, située en haut d'une colline verdoyante et entourée de champs de colza. Seul bémol, elle était quasiment en ruines, et les travaux étaient colossaux : toiture, fosse septique, cloisons à abattre, salle de bains à créer, cuisine à repenser… Mais Sam a pris les choses en main et en moins de six mois, la maison était prête pour les accueillir.

Presque huit ans après le début de sa maladie et l'annonce de son premier cancer, Esther a enfin la sensation d'être redevenue elle-même : une femme. Une mère. Une épouse. Sam a été d'une patience infinie avec elle, et leurs retrouvailles en tant qu'amants ont été époustouflantes : à plus de quarante ans, ils ont une vie sexuelle plus épanouie qu'à trente ! Sam a même tenté de la convaincre de faire un troisième enfant. Mais Esther a refusé : elle aimait leur famille comme elle était et avait envie d'en profiter pleinement. Et puis, quelque part au fond d'elle, elle associait toujours le fait d'avoir un enfant à la maladie. Elle ne voulait pas jouer avec le feu. Question de superstition.

Elle attrape dans le fond du placard son bikini bleu électrique.

– Te revoilà enfin, toi , dit-elle à voix haute en tenant devant elle le haut triangle de son deux-pièces.

Tandis qu'elle se déshabille, un sentiment d'euphorie mêlé à une sorte d'impatience l'étreint. Elle passe d'abord le bas, puis, au moment de placer le haut, se dirige vers la psyché postée dans l'angle. Elle reste ainsi un long moment à regarder sa poitrine dans le miroir. « Ma fille, tu es une bombe », se surprend-elle à penser en ajustant le triangle sur son sein reconstruit.

Soudain des dizaines d'images se télescopent dans son esprit : les poignées de cheveux dans le lavabo, le cathéter sous sa clavicule, la mastectomie et l'énorme cicatrice qui barrait son torse encore peu de temps auparavant…

– Stop !

Esther a presque hurlé devant la glace. Elle prend une grande inspiration et attrape la robe Liberty posée négligemment sur le lit.

– C'est terminé. Tout ça est bel et bien terminé. Maintenant, à nous deux, la vie, chuchote-t-elle avant de dévaler quatre à quatre l'escalier en direction de la piscine.

# Postface

Faire de Hanna, une cellule cancéreuse, l'héroïne de ce roman peut paraître, au premier abord, étrange, voire déplacé. Cette cellule tue chaque année plus de 150 000 de nos concitoyens. Elle est responsable de tant de souffrances, de chagrin, de destins brisés, de tant de désespoirs. Comment accepter l'idée de ressentir, à son égard, quelque chose qui touche à l'admiration, la sympathie, à l'empathie même ? Et pourtant…

J'ai voulu, au travers de mes deux héroïnes, Hanna et Esther, décrire ce que j'ai ressenti tout au long de ma carrière. Près de cinquante ans passés à lutter contre le cancer, à accompagner des milliers d'hommes et de femmes fracassés par le diagnostic, à les guérir, les laissant alors blessés pour toujours au fond de leur cœur, ou le plus souvent, en tout cas, à mes débuts, lorsque nous n'avions rien ou presque pour essayer de les guérir, à les voir mourir.

Tous ces visages, toutes ces voix, ces regards, m'ont marqué, m'ont manqué.

Près de cinquante ans d'un combat que j'ai mené de mon côté contre des cellules malignes, aussi résistantes qu'agressives... intelligentes en quelque sorte. Pendant toutes ces années, j'ai essayé de les dépister, de les débusquer, de les détruire. Et presque à chaque fois, elles ont su résister à mes attaques, se déplacer dans un organe où on ne les attendait pas. À chaque stratagème que nous, cancérologues, nous mettions en place, elles arrivaient à acquérir la capacité à comprendre notre stratégie et à la déjouer, devenant à chaque instant, à chaque multiplication, plus redoutables, plus déterminées.

Dans ce face-à-face, j'ai essayé de deviner la parade qu'elles mettaient en place, de prévoir leur prochain déplacement. Une sorte de défi personnel.

J'ai gagné parfois, j'ai perdu souvent... Quand j'évoque à la fin de ma carrière ce constat quotidien, j'ai une amertume dans la bouche, une frustration mêlée pourtant d'une certaine admiration pour leur intelligence.

Il faut comprendre. Tout ce qui vit sur terre vit et se développe grâce à son patrimoine génétique porté dans chaque cellule, par nos chromosomes ou, comme on préfère dire aujourd'hui, par notre ADN. C'est cet ADN qui détermine tout, absolument tout ce que nous sommes ou pouvons être, y compris notre niveau d'intelligence. Or, la cellule cancéreuse a le même ADN que le malade qui la porte. Elle a donc la même intelligence. La même intelligence que moi aussi qui appartiens à la même espèce, moi le cancérologue qui suis censé la détruire.

Mais, en réalité, c'est faux ! Car l'instabilité du patrimoine génétique d'une cellule cancéreuse est des milliers de fois plus importante que celle de nos cellules normales. Alors que nous, humains, n'évoluons que très lentement sur des milliers et des milliers d'années étant donné la grande stabilité de notre ADN, les cellules cancéreuses évoluent, elles, à toute vitesse, à chaque division cellulaire, jusqu'à devenir, du fait de la pression de sélection très forte qui s'exerce sur elles, de plus en plus malignes, de plus en plus intelligentes, en somme, l'adversaire le plus malin auquel l'humanité ait jamais été confrontée.

L'autre sentiment que j'ai développé au cours de toutes ces années de combat contre le cancer est une profonde admiration pour le courage de tous ces patients, qui, atteints par la maladie, voient subitement leur vie basculer dans le doute, dans la peur, dans la souffrance.

Dès l'annonce du diagnostic, ils comprennent que leur vie, désormais, dépendra de leur engagement, de leur détermination et de leur courage. Qu'il s'agisse de radiothérapie, de chirurgie ou de chimiothérapie, ils savent que rien de ce qu'ils devront subir ne sera ni facile ni agréable. Une souffrance profonde pour essayer d'éviter la mort, tel est le contrat qu'à chaque patient il m'a fallu proposer. Et même si je l'ai fait avec une immense douceur et toute l'empathie possible, ce contrat ressemblait, pour eux, à une condamnation inéluctable.

Je les ai vus, chacun à leur manière, croire en moi, me faire confiance et s'engager sans restriction aucune dans cette lutte acharnée pour la vie. Pour leur vie. Des larmes ont coulé, des regards suppliants m'ont été lancés, bien sûr, mais tous ont accepté d'avancer avec moi dans le chemin que je dessinais pour eux.

Avec les années et les immenses progrès de la médecine, j'en ai vu chaque année davantage se débarrasser de leur cancer et accéder à la guérison.

C'est à chacun d'entre eux que je veux dédier ce livre. Ils resteront à jamais dans ma mémoire.

David Khayat,
6 juillet 2022

# Remerciements

À Virginie Plantard et à Maëlle Guillaud, leur aide m'a été infiniment précieuse dans l'écriture de ce livre.

## DU MÊME AUTEUR

NE MEURS PAS, Anne Carrière, 1997.

LA VOLONTÉ D'AIMER : CANCER ET SEXUALITÉ, DES RÉPONSES CLAIRES ET PRÉCISES, avec la coll. de Noëlla Jarousse, Ellébore, 2001.

LE COFFRE AUX ÂMES, XO Éditions, 2002.

LES CHEMINS DE L'ESPOIR, Odile Jacob, 2003.

GUIDE PRATIQUE DE CANCÉROLOGIE *(3e édition)* (de Jean-Baptiste Méric, Laurent Zelek, David Khayat), Masson, 2004.

LE GUIDE PRATIQUE DU CANCER, coécrit avec Odilon Wenger, avec la participation de Dominique Delfieu, Odile Jacob, 2007.

DES MOTS SUR LES MAUX DU CANCER, avec la coll. de Nathalie Hutter-Lardeau et Wendy Bouchard, Mango Pratique, 2008.

LA VIE POUR S'AIMER, Plon, 2009.

LE VRAI RÉGIME ANTICANCER, coécrit avec Caroline Rostang, avec la coll. de Nathalie Hutter-Lardeau, Odile Jacob, 2010.

LES RECETTES GOURMANDES DU VRAI RÉGIME ANTI-CANCER, coécrit avec Caroline Rostang, Odile Jacob, 2011.

DE LARMES ET DE SANG, avec la coll. d'Isabelle Rabineau, Odile Jacob, 2013.

PRÉVENIR LE CANCER, ÇA DÉPEND AUSSI DE VOUS, avec la coll. de Nathalie Hutter-Lardeau et Laura Zill, Odile Jacob, 2014.

LA CUISINE ANTICANCER, coécrit avec Cécile Khayat, avec la coll. de Nathalie Hutter-Lardeau, Odile Jacob, 2016.

L'ENQUÊTE VÉRITÉ, avec la coll. de Nathalie Hutter-Lardeau, Albin Michel, 2018.

ARRÊTEZ DE VOUS PRIVER !, avec la coll. de Nathalie Hutter-Lardeau, Albin Michel, 2021.

PRÉVENIR ET SOIGNER LE CANCER POUR LES NULS. *De la prévention des risques aux nouvelles thérapies, l'état des connaissances et les moyens d'agir*, avec la coll. de Nathalie Hutter-Lardeau, First, 2021.

L'ORDONNANCE EST DANS VOTRE ASSIETTE !, avec la coll. de Nathalie Hutter-Lardeau, Plon, 2023.

Retrouvez toute l'actualité des éditions Albin Michel
sur notre site albin-michel.fr
et suivez-nous sur les réseaux sociaux !
Instagram : editionsalbinmichel
Facebook : Éditions Albin Michel
X : AlbinMichel
YouTube : Editions Albin Michel

*Composition : IGS-CP*
*Impression : CPI Bussière en mars 2024*
*Éditions Albin Michel*
*22, rue Huyghens, 75014 Paris*
*www.albin-michel.fr*
*ISBN : 978-2-226-44689-3*
*N° d'édition : 23800/01 – N° d'impression : 2076909*
*Dépôt légal : avril 2024*
*Imprimé en France*